pen
dafad

Llawr

Gwyneth Glyn

Enw: Matthew Parry
Dosb: 9N
Pwnc: Cymraeg

yLolfa

Argraffiad cyntaf: 2003
Adargraffiad: 2014

Comisiynwyd y gyfrol gyda chymorth ariannol AdAS

Cynllun y clawr: Ceri Jones

Rhif Llyfr Rhyngwladol: 978 0 86243 693 3

Cyhoeddwyd, rhwymwyd ac argraffwyd yng Nghymru gan
Y Lolfa Cyf., Talybont, Ceredigion SY24 5HE
gwefan www.ylolfa.com
e-bost ylolfa@ylolfa.com
ffôn 01970 832 304
ffacs 832 782

Dydd Iau Hydref 15egfed-ar-ddeg-ar-hugain-blabla-blabla-bla-aaaaaaaaaaaaaaaaaa!

Sdwffiwchosdwffiwchosdwffiwchosdwffiwcho
SDWFFIWCHOOOOOOOOOOOOOOOOOOOO
OOOOOOOOOOOOOOOOOOOO!!!!!

Pwy bynnag wyt ti, mi wyt ti'n lwcus iawn, iawn, iawn dy fod ti'n darllen hwn. Pam? Am fod gen i ysfa gref i stopio teipio'r funud yma, tynnu'r ddisg ma allan, ei malu hi'n smiddarîns hefo bwyall a thynnu tsiaen ar y cwbwl lot. Neu, yn well byth, sdwffio'r darnau i lawr corn gwddw'r Seicolegydd Addysg bach smyg na a'i gwylio hi'n troi'n biws a thagu.

"Anawsterau dysgu penodol yn arwain at drafferth canolbwyntio sy'n achosi problemau ymddygiad," medda hi wrth Mam a fi, hefo gwên felys fath â tasa hi'n ddynas deud tywydd.

"Chdi sgin y broblam, y gloman wirion!" on i isho'i ddeud wrthi. Ond nes i ddim neu mi fysa hi wedi troi at Mam hefo gwên letach byth a deud, "Dach chi'n gweld be dw i'n feddwl, Mrs Parry?"

So, dyna pam dwi'n gorfod sgwennu hwn rŵan, fel rhan o fy Therapi. Caci mwnci ta be. Be maen nhw'n feddwl sy'n mynd i ddigwydd imi? Troi'n angel dros nos? Cael tröedigaeth wrth ddarllen fy meddyliau bach sinistr ar sgrin? *DOH*! Nhw sydd angen y therapi!

Newydd neud *word-count*. 180 gair. Dw i'n gorfod sgwennu dau gant o eiria bob dydd. Yr uffars. Job *done*! Awe, boi!

Dydd Gwener, Hydref 16eg

Penwythnos: wypiiiiiiiiiiiiiiiiiiiiiiiiiiiiiiiiii!!!! Dw i ddim yn cofio wythnos hirach, fwy poenus, fwy syrffedus o ddiflas a chraplyd na hon. 62 diwrnod tan gwylia Dolig. Dw i isho crio. Ond wrth gwrs taswn i'n crio, mi fysa'r cyfrifiadur yma'n socian hefo dagrau ac mi fysa na ffrwydrad, mi fysa'r pŵer yn cael ei dorri a – HEI! DIM BLYDI DYDDIADUR! Ond gwaetha'r modd ma na naw cyfrifiadur arall yn y twll stafall ma. *Bad one*. A fi di'r unig *sado* yma amser cinio. *Gutted*.

Ond o leia dw i ddim mor sad â'r Seicolegydd Addysg slei na. Seico Addysg swn i'n ddeud! Dydy hi rioed wedi'n licio fi. Ma hi wastad yn gwenu gormod. Cofio Dad yn deud wrtha i rywdro am beidio byth â thrystio pobol sy'n gwenu arnach chdi o hyd.

"Isho rhwbath gin ti maen nhw," fel y bydda fo'n ei ddeud ers talwm. "Neu bod arnyn nhw dy ofn di, neu'n deud celwydda, neu ddim llawn llathan." Bingo. Tydy hon ddim llawn llathan. Bechod na fysa Dad o gwmpas i ddeud wrth y sguthan lle i sdwffio ei hen ddyddiadur. Fysa hi ddim yn gwenu wedyn!

Mond deuddeg gair i fynd. Llai byth rŵan! *Nice one* – job *done!*

Dydd Llun, Hydref 1999

Dw i fod sgwennu am y penwythnos ma, ond sdwffiwch o, achos ddigwyddodd na ddim byd. Wel, do, mi ddigwyddodd na ddau beth. Es i am dro hir i ben Garn a mi ges i ffrae efo Mam. Y ffrae ddoth gynta. Mynd am dro i gwlio i lawr nes i. Dw i mond yn mynydda pan dw i mewn uffarn o fŵd drwg, a ma'n siŵr glywa i larwm sensor-rhegfeydd-elegtronig yr ysgol rŵan am mod i wedi rhegi. Tyff tatws, meddwn inna.

Eniwe, Mam ddechreuodd.

"Fysa hi ddim yn well iti ddechra dy waith cartra, Math? Ti heb symud o'r soffa na drw'r dydd. Fysa hi ddim yn well iti roi tân dani? Ti'n cofio be ddudodd y Seicolegydd Addysg? Bod plant dyslecsic yn cymryd mwy o amsar i neud eu gwaith…"

"Dw i'n ddigon hen i fod yn gyfrifol am fy ngwaith fy hun," meddwn i, am mai dyna ma Miss Jenkins Jog yn ei ddeud wrtha i bob tro dw i'n cael row.

"Bod yn gyfrifol wyt ti'n galw rhoi dy lyfr Cymraeg ar dân ar ganol gwers?"

A dyma fi'n dechra chwerthin, er bod gen i

7

gywilydd. Wedyn aeth Mam yn ypset, ac es i'n flin, a dyma fi'n clepio'r drws ar fy ôl achos fedra i ddim diodda Mam yn crio.

Ac ar ben Garn dyma fi'n ista i lawr a deud y gair drosodd a throsodd a throsodd. Dyslecsicdyslecsicdysl ecsicdyslecsicdyslecsic nes oedd o'n golygu dim byd.

Pam nad ydy hi'n dallt? Ddim fi sy'n ddiog, y gwaith sgwennu sy'n anodd, ac anodda yn byd ydy'r gwaith, lleia yn byd dw i isho'i neud o. Dw i'n dallt pob dim, ond dim ots pa mor glir ydy petha yn fy mhen i, pan dw i'n trio'u sgwennu nhw i lawr ma'r geiria fath â cnonod aflonydd na fedra i mo'u dal. Diolch i Dduw am *spellcheck*. Ond er bod hanner y geiria ar y sgrin ma wedi'u tanlinellu'n goch, sgin i ddim pwt o fynadd eu cywiro nhw chwaith. A deud y gwir, maen nhw'n edrych reit ddel, fath â trimings Dolig.

Ma Sparks ac Elfs yn gneud stimia arna i drw'r ffenast rŵan. Maen nhw wedi gorffan eu ffags ac yn fy ngalw fi'n swot. *Yeah, right.* A ma'r swots go iawn, sy ar y compiwtars eraill, yn sbio arna i a meddwl 'thico'. Braf iawn arna i wir. Damia, wedi sgwennu ymhell dros ddau gan gair. Mi fydd y Wrach Seico Addysg wrth ei bodd. Mi geith hi gofnodi mod i'n methu cyfri na darllen rŵan. Job *done*.

Dydd Mawrth, Hydref 20fed

Weithia dw i jyst isho sgrechian. Nid yn unig maen nhw'n gneud i mi aros i mewn amsar cinio i sgwennu'r rybish yma, maen nhw rŵan isho cynyddu fy sadrwydd drwy neud i mi ymuno hefo clwb-ar-ôl-ysgol! No-wê-ho-sê-dont-cym-bac-anyddar-dê!!

Fedra i ddim ennill. "Ond Syr!" meddwn i wrth Pyrf-athro bora ma. "Sgin i ddim math o ddiddordab mewn chwaraeon, na gwyddbwyll, na drama!" Ac mi gyrliodd ei fwstash o fath â siani-flewog smyg.

"Wel yn union, Matthew!" medda fo. "Dyna union bwrpas y fenter. Meithrin diddordeb mewn gweithgareddau newydd!"

Wedyn mi dries i dacteg arall, glyfrach.

"Ond Syr, lle ga i amser i neud fy holl waith cartra?" Ymlaciodd y siani-flewog yn llinell seimllyd.

"Cydbwysedd, Matthew. Cydbwysedd ym mhopeth." Ia mwn. Fel dau hanner perffaith ei flewiach afiach. Rown i rwbath i dorri un hannar i ffwrdd hefo siswrn igam-ogam a'i ollwng o i mewn i frechdan frown, faethlon y Seico Addysg.

Diolch byth nad oes neb ond fi'n cael darllen hwn, neu mi fysa hi'n ditenshyn am fis. Er, mi fysa ditenshyn am flwyddyn yn well na gorfod ymuno hefo clwbsados-ar-ôl-ysgol. Chwaraeon, gwyddbwyll, ta drama? Bastads calad, nyrds di-sgwrs, neu Sbiwch-Arna-Fis? Ini-mini-maini-mo… 219 gair. *Nice one.*

Dydd Mercher, Hydref 21ain

Dw i'n teimlo fath â Sindarela. Prin ma mysedd i'n gallu pwyso'r botyma ma, mor amrwd ydy'r croen arnyn nhw. Fanno bues i drwy brêc bora'n sgwrio'r ddesg wirion hefo Jif, a'r Mynydd Grug yn tyrru uwch fy mhen i fath ag un o'r chwiorydd hyll, neu'r ddwy ohonyn nhw, ag ystyried ei seis hi.

"Wedi ei difetha'n llwyr," medda hi fath â taswn i wedi lladd rhywun, "Y ddesg wedi SINJO!" Doedd o mond marc bach du, ddim cymaint â mys bach i. Ma sens yn deud na fedar unrhyw ymosodiad hefo Jif gael gwarad ar farc llosg ar bren. A mond deud hynny wrthi nes i, mwy neu lai. Dyliwn i fod wedi gwbod y bysa hi'n fflipio.

"Pobol fel chi," medda hi, gan bwyntio ata i hefo'r botel Jif, "sy'n llygru'r dosbarth ma hefo'ch twpdra, llygru'r iaith Gymraeg hefo'ch camddefnydd ohoni, a llygru'r ysgol drwy ymddwyn fel YNFYTYN!" *No offence,* de, ond ddim fi ydy'r un sy'n cael nyrfys brêc-down bob tro ma rhywun yn camdreiglo. Ddudish i mo hynny wrthi chwaith.

"Sgwriwch yn galetach!" A dyna nes i. Ond bydd y marc bach du yno am byth, yn arwydd mod i wedi bod yma. Gwell o lawer na rhyw *Matt woz ere* tila mewn beiro.

Mi oedd o'n ffyni hefyd, chwara teg, pan ddigwyddodd o. Y Mynydd Grug yn deud wrthan ni am sgwennu ymson Cymro ifanc yn mynd i ryfal, "Byddwch yn wreiddiol. Gadewch i'ch dychymyg chi gipio a thanio a fflamio!" medda hi cyn troi ei chefn anferth i lanhau'r bwrdd gwyn. A dyma finna'n agor fy llyfr Cymraeg a gweld ei fod o'n llawn marcia coch, fel arfar. Rong, rong, rong. Felly dyma fi'n gadael i'n nychymyg i gipio a thanio'r leitar oedd gin i yn fy mhoced, a gwylio'r tudalennau'n fflamio'n braf o mlaen i.

"BE DACH CHI'N FEDDWL DACH CHI'N NEUD?!" sgrechiodd y Mynydd Grug pan drodd hi rownd.

"Bod yn wreiddiol, Miss," meddwn i. A bod yn ddoniol, a chael fy edmygu gan fy *so-called* ffrindia, a chael teimlo am unwaith mewn dosbarth Cymraeg bod na rywun yn sylwi ar rwbath dw i'n neud.

Wedi sgwennu lot gormod. Tyff tatws.

Dydd Iau, Hydref 22ain

Pam fod y byd i gyd fel tasa fo'n chwerthin ar fy mhen
i? Mi arhoses i ar ôl ysgol ddoe, dan orfodaeth y Pyrf-
athro, er mwyn dewis pa weithgaredd ar ôl ysgol i'w
ddewis i wastraffu fy ieuenctid arno fo. Chwaraeon
oedd ddoe. Oedd o'n teimlo fel *concentration camp*, ond
hyd yn oed yn fwy erchyll gan fod pawb yno o ddewis.
Pawb ond fi. Wiyrd.

On i isho chwerthin a chrio run pryd. Mr Mysyl a'i
chwiban hud, a'i gŵn bach ufudd mewn nicyrs
cochion yn ufuddhau drwy neidio dros ei gilydd a
smalio chwara rygbi. Llond cae o lemons. A finna'n eu
canol nhw.

"Peidiwch â bod ag ofn y bêl, Matthew!" Crinc.
Ddim ofn y bêl on i, siŵr Dduw. Ofn i ryw gorach
mewn nicyrs cochion fy maglu i a chracio mhenglog i.
Bysa gin i 'anawsterau dysgu' go hegar wedyn, bysa!
Ofn hefyd cael fy ngweld hefo'r penbyliaid yma tu
allan i oriau ysgol.

Bron i mi farw pan basiodd criw o genod
Blwyddyn 13 heibio'r ffens. Mi welais i nhw'n stopio
a chymryd swigs o'u *Diet Cokes*. Pam oeddan nhw'n
sbio arna i? Pam oedd pawb, mwya sydyn, yn sbio arna
i? Mi glywais i Mr Mysyl yn bloeddio
"Mattheeeeeeeeew!" a'r peth nesa wyddwn i, on i'n
fflat ar fy nghefn yn y mwd, fy mhen i'n canu a'r bêl

yn sboncio'n wirion o nghwmpas i. A pawb yn chwerthin: y genod tu ôl i'w cania *Coke*, yr hogia'n uchel, a Mr Mysyl trwy'i drwyn. PAWB. Ha blydi ha! Hen gêm stiwpid i hogia bach stiwpid.

Pwy a ŵyr – ella syrthia i mewn cariad hefo gwyddbwyll pnawn ma. *Yeah, right.*

Dydd Gwener, Hydref 23ain

I LUV CHESS. Not. Mi fydda'n well gin i watsiad paent yn sychu am weddill fy mywyd na gwylio un gêm arall. *Chess* BÔRD. Dw i wedi bod yn bôrd o'r blaen. Bôrd go iawn: yng nghynhebrwng rhywun don i ddim yn ei nabod, ar bnawniau Sadwrn glawog, mewn gwersi Cymraeg. A Maths. A Chemeg. Ond oedd hyn yn wahanol. On i mor bôrd, oedd o'n brifo. Oedd o'n waeth na phêl rygbi'n hitio nghorun i o uchder maith. Oedd o'n waeth na sgwrio marc llosg du, na ddaw byth i ffwrdd, oddi ar ddesg. Oedd o'n waeth na marw.

"Amynedd a chanolbwyntio," medda Ffrised Ffiseg pan sylwodd o mod i'n cyfri mysedd yn lle sbio ar y gêm. Sut medrwn i ganolbwyntio pan doedd neb wedi trafferthu egluro'r rheolau i mi? A phwy yn ei iawn bwyll fysa isho meithrin digon o amynedd i watsiad dau *super*-sado yn pendroni dros deganau bach du a gwyn am hanner awr, heb ddallt pam maen nhw'n pendroni yn y lle cynta?

"Dw i ddim yn dallt, Syr," meddwn i'n onast.

"Mi ddowch chi i ddallt, Matthew," medda fynta'n smyg.

"Ond dw i ddim yn gwbod os dw i *isho* dod i ddallt, Syr." Mi sbiodd Ffrised Ffiseg arna i fel taswn i newydd ddeud rhwbath ofnadwy o anweddus am ei fam o. Mi gododd y ddau chwaraewr nyrdaidd eu llygaid oddi ar y bwrdd am y tro cynta, a'u hoelio nhw arna i.

"Ti'n dyslecsic, dwyt," medda un ohonyn nhw fel tasa fo newydd ganfod cyfrinach y Bydysawd. Bastad!

"Dw i wedi gweld dy enw di ar y rhestr Anghenion Arbennig: AA. Rhwbath yn bod ar yr injan, ia?" Dyma'r nyrd arall yn chwerthin on ciw, a dw i'n siŵr mod i wedi dal Ffrised yn cilwenu. Mi deimles i groen fy wyneb yn tynhau a mynd yn boeth. Oedd rhaid i mi fynd achos oedd arna i ofn be fyswn i'n ddeud a'i neud taswn i'n aros.

Mi godes i mag yn sydyn a sefyll i fyny. Damwain oedd hi. Wrth i mi godi mi gipiodd y bag yn ymyl y bwrdd gwyddbwyll gan yrru'r darnau du a gwyn i sgrialu hyd y llawr.

"Wps. Sori!" meddwn i, gan drio peidio gwenu. "Nes i ddim trio."

"Naddo, Matthew. Tydach chi byth!"

Big deal. Os na fedra i fod yn wydd-bwyllog, ella medra i fod yn geiliog dandi-do. Drama heno. Hwrê! Llond stafall o *posers* yn meddwl eu bod nhw'n cŵl. Fedra i ddim aros…

Dydd Llun, Hydref 26ain

Dydd Llun – poen mewn tin. Y penwythnos wedi fflïo fel arfar. Es i'r Plaza hefo'r hogia nos Sadwrn. *Death Day* oedd enw'r ffilm. Oedd hi'n 18, ond gan fod cefnder Sparks yn gwerthu popcorn yno, mi gaethon ni sleifio i mewn heb dalu. *Nice one.* Dw i rioed wedi gweld ffilm mor ddychrynllyd. On i'n teimlo'n hun yn suddo yn is ac yn is i'n sêt, ac ar un pwynt mi on i isho cuddio tu ôl i nwylo. Ond fedrwn i ddim gneud hynny neu mi fysa Sparks ac Elfs wedi ngalw i'n bwff. Dim eu bod nhw angen rheswm i ngalw i'n bwff achos maen nhw'n gneud hynny drwy'r amsar beth bynnag. Mi ddaru nhw ei neud o tu allan i'r Plaza ar ôl y ffilm, pan ddudes i mod i'n mynd adra.

"Pam?" medda Elfs gan danio'r ffag oedd o wedi bod yn ei blysu drwy'r ffilm. "Pam na arhosi di allan? Isho mynd adra at mam, ia?"

"Pwffdar," medda Sparks, jyst digon uchel i bawb glywad. Ac mi chwarddodd y ddau yng nghanol eu mwg. Da ydy ffrindia.

Don i ddim isho mynd adra at Mam fwy na chur yn fy mhen. Ond mynd nes i, achos mod i'n gwbod ei bod hi yn y dymps. Ma hi wastad yn waeth ar nos Sadwrn, dwn i ddim pam. Ella bod ganddi hi hiraeth am Dad. Dudes i wrthi am y ffilm, 15 *certificate* wrth gwrs, a dyma hi'n deud: "Ella na dyna fyddi ditha ryw ddydd, Math. Actor ar y sgrin fawr!"

"Ia, Mam," meddwn i. Ma'n iawn i bawb freuddwydio, tydi. Bechod. Ma siŵr ei bod hi'n meddwl mai'r dosbarth drama ma ydy'r cam cynta ar bafin euraidd fy ngyrfa fel actor. Mi fysa hi'n stori dda, bysa? Mi fedra i ddychmygu'r pennawd papur newydd: *'DYSLEXIC DROP-OUT IS SILVER SCREEN STAR!'* a llun ohona i hefo dannedd gwyn, gwyn a *biceps* bylji yn cario stynar mewn bicini yn fy mreichia. *Dream on, kid.*

Yr unig beth ga i yn y dosbarth drama ma ydy hasyl gin y clown sy'n ein dysgu ni, hasyl gin fy mêts am fod yn bwffdar a hasyl gin Mam am beidio bod y Brad Pitt neu'r Ioan Gruffudd nesa. Mi dreulion ni awr gyfan yn chwara gêms plentynnaidd oedd i fod i'n helpu ni 'ddod-i-nabod-ein-gilydd.' Gwastraff amser llwyr gan mod i'n gwbod pob dim on i isho'i wbod am bawb yn barod, sef bod pawb yn ffitio i mewn i un o ddau stereoteip. Y Lyfi, sef y *wanna-be* ffafflyd, a'r Lembo, sef y Gwrthodedig Thico, yr Amhoblogaidd, a'r Hyll. Fel arfer, don i ddim yn ffitio'n daclus i'r un categori.

Dw i'n sicr ddim yn Lyfi. *Wanna-be*-adra on i, ddim *wanna-be-famous*. Ond dw i chwaith ddim yn llwyr wrthodedig. Dw i ddim yn thic, dw i ddim yn hollol amhoblogaidd, gan fod gin i ffrindia o fath – dw i'n meddwl – a dw i ddim yn hyll, yn ôl Mam. Mewn limbo eto. Yr unig le dw i'n teimlo'n gartrefol ynddo fo, yn saff yn y sicrwydd na fydd yr un Lyfi na'r un Lembo yn fy licio nag yn fy nerbyn i.

Ma'r hogia'n tynnu stumia. Gwell i mi fynd atyn nhw i glwad hanas be bynnag golles i nos Sadwrn.

Dydd Mawrth, Hydref 27ain

Cholles i ddim byd, heblaw am Wil Wirion yn cael ei ddal yn gneud llun o fŵbs ar wal bocs ffôn hefo *permanent marker*. Rhybudd gath o. Sôn am wastraff: BRONNA! Mi fysa fo o leia wedi medru rhegi neu neud rhwbath cŵl. Ond fu Wil Wirion rioed yn cŵl. Dim ond gwirion. Dyna pam mai Wil Wirion ydy'i enw fo, ac nid Wil Cŵl. Doedd o mond wedi cael cyfla i neud llun un *nipple* frysiog pan redodd na blisman ato fo a chonffysgetio'r ffelt-pen. Mi weles i'r campwaith bora ma wrth gerdded am yr ysgol. Tu allan i'r bocs ffôn oedd o, dan y llythrenna BT. Dwy fron flêr, un ddi-deth, a dim byd arall uwchben nag o danyn nhw. Wil Wirion de. Beryg nad ydy'r creadur rioed wedi gweld na theimlo bron na theth ers ei eni. Oeddan ni i gyd yn tynnu arno fo bora ma. Sparks ddechreuodd.

"Hei Picasso, sawl *nipple* sy gin dy fam di felly?"

Wedyn Elfs yn ymuno, "Ia, a pam fod un o'r tits yn fwy na'r llall?" On i bron â deud wrthyn nhw mai felly y bysa Picasso ei hun wedi darlunio bronna, debyg iawn. Ond nes i ddim, achos *fi* fysa wedi ei chael hi wedyn am fod yn swot gwybodus, ac mi roedd hi'n braf peidio bod yn gocyn hitio am unwaith.

Mi wenodd Jac Saesnag arna i heddiw. Dw i ddim yn licio pan ma athrawon yn gwenu arna i. Dydy o ddim yn naturiol. A tydy'r ffaith mod i newydd ymuno hefo'i grŵp drama ponslyd o DAN ORFODAETH ddim yn rheswm iddo fo ddechra bod yn glên hefo fi.

"Galwch fi'n Jac!" medda fo, pan alwodd un o'r disgyblion fo yn 'Mr Pari'; "A peidiwch â ngalw i'n 'chi'. Ma hynna'n gneud i mi deimlo mor hen." Mi wyt ti'n hen, y crinc! A jyst achos dy fod ti'n bennaeth adran drama ac yn gwbod mwy am Shakespeare na neb arall yn yr ysgol ma, dydy hynna ddim yn rhoi caniatâd iti wenu arna i. Ma rhaid ei fod o'n gê achos mae o'n yfed dŵr Evian. A'r peth gwaetha ydy na sgynnon ni ddim hyd yn oed llysenw iddo fo. Rydan ni wedi cael amryw i drafodaeth am y pwnc, ond y gwir ydy nad oes na'r un. Be nei di hefo enw fath â Jac? Jac-a-Jil?

Ond does na'r un Jil ar y sîn. Mwy o dystiolaeth ei fod o'n hoyw...

Wn i! Jacanori! Achos mae o wastad yn mynd ymlaen am bwysigrwydd deud stori, a sut mai dyna ydy asgwrn cefn pob llenyddiaeth dda. Jacanori. Mi fydd raid i mi gofio deud wrth yr hogia. Damia, Ffiseg nesa. Ffrised yn malu cachu am y Big Bang. *Big deal*.

"Be ddigwyddodd, Syr?"

"Does na neb yn gwybod, Matthew."

Fawr o stori yn fanna.

Dydd Merchar, Hydref 28ain

Don i ddim yn gwbod be i neud, chwerthin ta crio. Pan gyrhaeddais i adra ddoe mi oedd na fag sgleiniog glas ar y bwrdd.

"Wel?" medda Mam hefo gwên ryfadd ar ei gwep. "Ti am ei agor o ta be?"

Felly mi nes i. On i'n reit falch o deimlo mai nid llyfr oedd o, am newid. Sawl cyfrol dipresing fel *Coping With Dyslexia* sy'n segur ar y silff adra? Papur lapio. Roedd petha'n argoeli'n dda a dyma fi'n dad lapio'r pecyn yn ofalus a gobeithiol... cyn sylweddoli be oeddan nhw.

Jazz shoes!

Sgidia meddal, merchetaidd, pwyntiog hefo gwaden

fach denau a chriau bach tylwyth teg. Sgidiau pwffdar os gwelais i rai erioed. Waeth i'r cradur sy'n eu gwisgo nhw fod â sticar 'PONS' ar ei dalcen ddim.

"Ar gyfer dy ddosbarth drama di!" medda Mam. Nefar, ia? A finna wedi meddwl mai i'w gwisgo yn yr ysgol oeddan nhw er mwyn fy ngalluogi i neud pirwets a neidio'n osgeiddig o un wers i'r llall. Mi syllais i arnyn nhw am funud. Don i ddim yn gwbod be i ddeud.

"Dw i ddim yn gwbod be i ddeud," meddwn i. Dyma Mam yn deud wrtha i am eu gwisgo nhw. Dw i erioed wedi edrych na theimlo fel gymaint o bansan. Tasa'r hogia wedi ngweld i, dw i'n ama fysan nhw ddim isho siarad hefo fi byth eto.

"Be sy?" medda hi'n syn.

"Dim byd," meddwn inna'n gelwyddog.

"Mi oedd na rei mewn gwyn hefyd, os bysa'n well gin ti nhw mewn lliw arall," medda hi. "Ydyn nhw'n ffitio? Oedd na bob maint yn y siop... " Nid y lliw oedd y broblem, siŵr! Doedd na ddim byd yn bod hefo'r lliw, du ydy'r lliw lleia ponslyd sy'n bod. Mi roeddan nhw'n ffitio fel maneg. Y broblem oedd eu bod nhw hefyd yn *edrych* fel maneg, dwy hen faneg ledr, sgleiniog, dynn. Menig DYNAS! Ron i'n methu cuddio mod i'n eu casáu nhw.

"Be sy?" medda Mam eto. "Dydyn nhw ddim digon da gin ti?" *Ere we go!* "Dydyn nhw ddim yn plesio? Dydyn nhw ddim digon cŵl?"

Dudes i wrthi mai fi fysa'r unig berson yn y dosbarth hefo sgidia o'r fath.

"A be sy'n bod ar hynny?" medda hi. "Be sy'n bod ar fod yn wahanol?"

"Ma na wahaniaeth rhwng bod yn wahanol ac edrych fel *WEIRDO*!"

Distawrwydd. Ron i'n gallu deud ei bod hi wedi'i brifo.

"Dw i mond isho dy helpu di," medda hi, yn trio ei gora i beidio crio.

"Dw i'n gwbod Mam." Ond weithia liciwn i tasa hi ddim.

Dydd Iau, Hydref 29ain

Dechreuodd heddiw'n ddiwrnod bach ocê. Yr haul yn tywynnu, y sbot styfnig ar fy ngên wedi dechra cilio, Mynydd Grug hyd yn oed yn canmol rhyw stori fer gachlyd nes i sgwennu dros y penwythnos. Ond fel pob dim da mewn bywyd, oedd rwbath garantîd o fynd yn rong. Ac mi ddaru.

Oeddan ni'n cerddad o'r gampfa am yr ysgol: fi, Sparks ac Elfs, y tri ohonan ni yn ein dybla am fod dynwarediad Sparks o Mr Mysyl mor agos ati. Oedd Catrin Wyn a Donna yn pwyso'n erbyn wal y bloc newydd, yn darllen magasîn genod, a'u coesa brown nhw'n sgleinio uwch eu sana gwynion. Ma raid eu bod nhw'n oer ofnadwy, wedi meddwl.

"Sgin ti dân, Matt?" medda Elfs, a dudes i mod i'n meddwl bod un yng ngwaelod y bag oedd ar fy nghefn. Ddaru ni stopio cerddad yn rhannol er mwyn dechra siarad hefo'r genod, ac er mwyn i Elfs gael ymbalfalu am y leitar. Yna dyma fi'n cofio'n sydyn. Y *jazz shoes!* Tu mewn i'r bag! Hefo'r risît, yn barod i'w dychwelyd i'r siop ar ôl ysgol... ond wrth gwrs mi roedd hi'n rhy hwyr. Oedd Elfs, fel arfer, wedi llwyddo i ddod o hyd i wendid ei ysglyfaeth.

"BE DDIAWL!?" a dyma fo'n rhoi un esgid am bob llaw a'u dal nhw i fyny i Sparks, a Catrin Wyn, a Donna, a'r byd i gyd yn grwn, gael eu gweld a'u dilorni. Bastad. Mi deimles i mocha'n dechra berwi.

"Ers pryd ti'n treinio i fod yn balerina, Matt?" Roedd y sgidia'n troelli uwch fy mhen, a mwya yn byd on i'n trio'u cipio nhw'n ôl, mwya yn y byd oedd y cwilydd pan on i'n methu. On i'n clwad y genod yn giglo. Oedd hyn lot difyrrach na'u magasîn nhw, mwn.

"Tyd, *twinkle-toes*, neidia! Mi fydd rhaid iti neud yn well na hyn, sdi, os ti isho bod yn bwffdar balerina proffesiynol!" On i isho diflannu yn y fan a'r lle. Oedd pawb yn sbio, ac mi roedd *pawb* erbyn hyn wedi casglu, achos y bloeddio.

"Downsia ta, Matti-boooooi! Pwyntia'r traed na!

Cym on, Billy Elliot! Gwisga dy sgidia pwff!" Oedd y sgidia ar lawr erbyn hyn, a bob tro ron i'n trio eu cipio nhw'n ôl, oedd Sparks yn eu cicio nhw oddi wrtha i, yn ôl i Elfs, a fynta'n eu sathru nhw'n ddyfnach i mewn i'r gwellt tamp.

On i'n gweiddi arnyn nhw i stopio bod yn wirion, ac oedd na griw o bobol wedi ffurfio o'n cwmpas ni, a rhei yn gweiddi, "Downsia! Downsia!" a rhei erill yn gweiddi "Ffeit! Ffeit! Ffeit!" On i bron â rhoi'r gora iddi pan glywes i lais arall, hŷn a dyfnach na'r lleill. Llais athro. "Hei! Be sy'n mynd ymlaen fan hyn?" Jac! Yn edrach yn fwy blin na weles i o erioed.

"Tipyn bach o hwyl, syr" medda Elfs yn ei lais diniwed. Hwyl, *my arse*. Mi welodd Jacanori y sgidia, oedd erbyn hyn yn sgriffiadau ac yn fwd drostyn nhw. Dyma fo'n eu codi nhw a sbio yn llygad pawb oedd yno. Mi glywes i rywun yn piffian chwerthin.

"Pwy ddaru hyn?" Distawrwydd.

"Mond jôc oedd o, syr."

"Gobeithio bod y prifathro'n licio jôcs felly, te Steffan?" Oedd Sparks yn gwbod ei fod o yn y shit go iawn. Does na neb byth yn ei alw fo'n Steffan, ddim hyd yn oed ei fam a'i dad o.

Oedd rhaid i mi'i neud o. Un ai hynny neu wynebu misoedd o boen ac unigrwydd.

"Fy mai i oedd o, syr." Oedd o run fath â clwad geiria rhywun arall. "Fy sgidia i ydyn nhw a fi ddaru eu malu nhw." On i'n gallu teimlo rhyddhad Elfs a Sparks tu ôl i mi. On i'n gwbod bod Jacanori ddim yn credu gair on i wedi ddeud. Ond mi smaliodd ei fod o, a rhoi'r sgidia'n ôl i mi a deud wrtha i am barchu fy eiddo dipyn bach yn fwy.

Damia – hwyr i Maths.

Dydd Gwener, Hydref 30ain

Dw i ar drygs. Neu o leia dyna ma Mam yn ei gredu. Fel hyn ddigwyddodd petha. Ar ôl i'r gloch-fynd-adra ganu, es i'n syth i doilet yr hogia i drio golchi tipyn ar y sgidia *jazz* bondigrybwyll. Ron i'n gwbod bod na felltith arnyn nhw o'r eiliad gweles i'r uffars. Ond doedd dim byd yn tycio. Fysa holl Jif y Mynydd Grug, hyd yn oed, dim wedi medru achub rhein. Ac yn reit siŵr fysa'r un siop yn eu cymryd nhw'n ôl yn y fath stad, risît neu beidio. Felly doedd dim amdani. I'r bin a nhw, ac adra a minna.

"Ti adra'n fuan," medda Mam. "Wnest ti gofio mynd â'r sgidia'n ôl, do?" *DEILEMA* a ma gas gin i rheini. Yn enwedig deilema deud-clwydda-neu-beidio. Achos os ti'n mynd i ddeud clwydda, ma rhaid i chdi ddechra'n syth, neu wyt ti'n codi amheuaeth, a gei di dy ddal yn y diwadd a fysa waeth i chdi fod wedi deud y gwir o'r cychwyn ddim. Ond os ti'n mynd i ddeud y gwir, yna ma rhaid iti ddechra gneud hynny ar dy union hefyd, achos os wyt ti'n petruso mi fydd hi'n amlwg dy fod ti wedi ystyried deud clwydda. Ond don i heb baratoi fy nghelwydd, a dyna lle es i'n rong.

"Do," meddwn i ar ôl eiliad o benbleth. "Do mi nes i. Newydd fod."

"Mi fuest ti'n sydyn iawn."

"Do. Mi redes i."

Shit. Ma hi'n gwbod mod i'n casáu rhedag.

"Gest ti bres yn ôl amdanyn nhw?"

Shitshitshit. Os duda i 'do' mi ofynnith hi amdano fo, ond os duda i 'naddo' mi fydd hi isho gweld y sgidia...

"Credit nôt," meddwn i. "Mi ga i rwbath arall yn eu lle nhw... os dw i isho."

"O. Reit dda." Doedd hi heb gredu'r un gair. Fedra i ddim deud celwydda i safio mywyd, a ma hi'n gallu gweld drwydda i fath â ffenast. On inna'n gallu darllen ei meddwl hitha. "Mae o'n deud celwydda. Mi gath o bres am y sgidia ac mae o wedi defnyddio'r pres i brynu cyffuria er mwyn difetha ei fywyd a gwastraffu ei ieuenctid. Fedar o ddim actio i safio'i fywyd! Ac mae o'n deud ei fod o'n mynd i'r llofft i wylio'r teledu ond mynd i snortio petha drwg mae o, reit siŵr." *Aye! Cheers, Ma.* Does na ddim byd fel ffydd mamol, nag oes?

Dydd Llun, Tachwedd 2il

Oedd o fel golygfa mewn ffilm. Oedd o'n teimlo felly ar y pryd hefyd, ryw fymryn. Un o'r golygfeydd bach na mewn bywyd sy'n teimlo fel tasa na gynulleidfa anweledig yn ei gwylio hi. Un o'r digwyddiadau arbennig na fydd wedi'i serio ar fy mrên i am oes.

Nos Wener oedd y dosbarth drama, a fi oedd yr unig un oedd ddim isho bod yno. Soffa, *chips* a teli ydy lle pawb ar nos Wener, siŵr. Oedd Jacanori yn *annoying* o joli, ac on i wedi paratoi fy hun yn feddyliol am awr o artaith.

"Mae pob un ohonan ni am ddeud stori heddiw," medda Jac, a phawb yn ista mewn cylch o'i gwmpas o. "Does dim rhaid iddi fod yn hir, a does dim rhaid iddi fod yn wir, ond ma rhaid iddi fod yn stori ddifyr."

Mi suddodd fy nghalon i fel carreg. Crinj ta be. Ond yr eiliad nesa oedd hi wedi codi fel corcyn i ngwddw i. PANIC. Oedd o fath â tasa fo newydd ddeud wrtha i am beidio meddwl am eliffant pinc, sydd, wrth gwrs, yn gneud i mi feddwl yn syth am eliffant pinc. A rŵan ei fod o wedi deud wrthan ni i gyd am feddwl am stori dda, roedd pob stori dda y gwyddwn i amdani wedi diflannu o'n meddwl i. Yr unig beth medrwn i feddwl amdano fo oedd gwacter, a methiant, a cachu mwnci.

Diolch i'r drefn, nid fi oedd y cynta i orfod codi ar fy nhraed, ond ron i'n bumed wrth fynd rownd y cylch, ac roedd gwybod hynny yn achosi poen diarth yn fy mhenglog i. Yn fy mol i. A môls i. Fedrwn i ddim hyd yn oed clywed straeon y lleill, achos oedd fy ngyts i mewn cymaint o glymau.

Ond wedyn mi ddigwyddodd na rwbath na anghofia i mohono fo byth. Mi gododd yr hogan ma oedd yn ista drws nesa i mi ar ei thraed. On i heb sylw i arni hi o'r blaen am ryw reswm, ac mi ddechreuodd adrodd stori yn ei hiaith ei hun – Punjab – geiriau diarth yn sboncio oddi ar ei thafod, a'i llygaid duon hi'n downsio wrth eu deud nhw. I ddechra oedd rhei ohonan ni isho chwerthin, ond doedd dim ots ganddi hi o gwbwl. Mi gariodd yn ei blaen ac ar ôl tipyn bach mi ddaru hi ein tynnu ni i gyd i mewn i'r stori, ac er nad oedd yr un ohonan ni'n dallt yr un gair mi roeddan ni i gyd yn dallt fod hon yn stori a hanner. Oedd hi'n amlwg yn stori drist iawn, achos dw i'n siŵr mod i wedi gweld deigryn yn cosi ei hamrannau trwchus hi.

Ar ôl iddi hi orffen dyma pawb yn curo dwylo, a dyma'r hogan, o'r enw Aminah, yn fflachio ei dannedd gwynion mewn gwên, ac ista i lawr. On i mewn llesmair. Ond fi oedd nesa. On i wedi bwriadu adrodd fersiwn fras o Sindarela, pan ofynnodd Jac i mi neud yr amhosib. "Dw i isho i chdi, Matt, adrodd y stori gaethon ni gan Aminah, yn Gymraeg, os gweli di'n dda."

BE DDIAWL?!

"Ond Syr, ddalltish i ddim gair... "

"Na ninna chwaith! Dyna pam bydd rhaid iti ei chyfieithu hi i ni."

On i wedi clywed am actorion yn gorfod 'bod yn goeden' a 'bod yn focs o siocolets' a rhyw rwts felly, ond oedd hyn yn ridicilys. On i bron â gadael yr eiliad honno. Ond dyma fi'n sbio ar Aminah, a dyma hitha'n gwenu cystal â deud "Byddi di'n iawn, siŵr." Y wên wen na eto... Felly dyma fi'n codi ar fy nhraed, a deud y stori ddudodd hi, fel on i wedi'i dychmygu hi ar y pryd. Rhwbath am ryw hogan fach oedd wedi colli'i ffordd yn y goedwig ddiarth, ac amdani'n cael ei bygwth gan fleiddiaid wrth chwilio am ei chartra, neu rwbath fel na. Dw i ddim hyd yn oed yn cofio'n iawn, ond dw i'n cofio teimlad mor wahanol oedd o, ac mor braf gwybod bod pawb yn gwrando arna i, a'r geiria'n dod yn hawdd, heb i mi feddwl bron. Anghofia i byth mo'r gymeradwyaeth na'r wên na...

Dydd Mawrth, Tachwedd 3ydd

Dw i newydd dreulio hanner awr ar mhen fy hun hefo'r ddynes fwya rhywiol yn y byd. Y Seicolegydd Addysg. *Like, soooooo not!!* Bechod. Ma gin i dipyn bach o biti drosti, achos uffar o job ydy gorfod mynd rownd y lle yn trio rhesymu hefo iobs fath â fi. Ond gan mai dyna'r swydd ma hi wedi'i ddewis, dim fy lle i ydy gneud petha'n hawdd iddi, naci?

Y wên gyfoglyd na sy'n fy nghael i a'r ffaith ei bod hi'n mynnu ei dangos hi fwy byth drwy blastro lipstic brown ffiaidd arni. Ych y fi, fath â mochyn yn gwenu drwy lond ceg o fwd.

"Felly sut ydach chi, Matthew?"

Bôrd. *Pissed-off.* Gormod o waith. Amhoblogaidd. Dipresd.

"Iawn, diolch," meddwn i yn ôl fy arfer. Ma hi'n haws deud celwydda weithia.

"Da iawn, falch o glywed!" Hygoelus ta be. *Gullible* ydy hygoelus – *word of the week* gin y Mynydd Grug.

"A sut ma'r dyddiadur yn dod yn ei flaen? Dal i sgwennu dau gant o eiria'r diwrnod?"

"O leia dau gant," meddwn i – sydd yn wir, chwara teg.

"Ac ydach chi'n cael budd o'i sgwennu o?"

★DEILEMA★! Be on i fod i ddeud? "Do, mae o wedi helpu. Rŵan ga i stopio'r lol dyddiadur?" neu,

"Na dydy o ddim wedi helpu, rŵan ga i stopio'r lol?"

"Dw i ddim yn gwbod," meddwn i a gobeithio am y gora. CAMGYMERIAD, achos wedyn mi aeth hi yn ei blaen i ddeud sut oedd fy athrawon i'n gweld 'cynnydd nodedig' (crinj) yn fy ngwaith i, a gwelliant yn fy agwedd i yn y dosbarth. Yeah, right. Ma rhaid mai nhw sy'n dychmygu petha. Cael halucinations mod i'n ddisgybl angylaidd.

"Gan nad wyt ti wedi ymateb yn negyddol i'r dyddiadur, ma'n rhaid ei fod o wedi cael effaith gadarnhaol." Shit! "Dw i'n awgrymu y dylsat ti ddal i'w sgwennu o, ond dim ond… teirgwaith yr wythnos, ddudwn ni?" Dyma fi'n nodio'n gyndyn. Gwell na chic yn fy nhin, am wn i.

"Ac mae Mr Jac Walters wedi cofnodi'ch ymroddiad a'ch brwdfrydedd yn y dosbarth drama!" medda hi yn frown o glust i glust. Ydy, mwn, the more misfits the merrier yn ei ddosbarth o ma'n siŵr. Drama for dropouts!

Oedd na nodyn yn y cyntedd yn deud bod na ddosbarth ychwanegol heno, am reswm arbennig. W! Dw i mor ecseited. Not. Ond ella mod i, dipyn bach, hefyd. Ella ga i weld y wên braf honno…

Dydd Merchar, Tachwedd 4ydd

Ma hi newydd wawrio arna i nad oes rhaid i mi fod
yma. Does dim rhaid i mi fod yn sgwennu hwn rŵan,
achos fel dudodd y Seico Addysg, dim ond teirgwaith
yr wsnos dw i'n gorfod ei neud o o hyn ymlaen. Ar ôl
Dolig, os bydda i'n hogyn bach da tan hynny, ella na
fydd rhaid i mi BYTH iselhau fy hun i'r fath sadrwydd
eto! *Nice one*. Ond dw i yma rŵan, dydw, felly waeth
i mi sgwennu fo ddim. Ac eniwe, ma Sparks ac Elfs yn
rhy brysur yn fflyrtio hefo Catrin Wyn a Donna i falio
amdana i. Ond dw i'n dal i gael ambell i gic yn fy ffêr
a chael fy ngalw'n *dancing queen* ers ffiasgo'r sgidia *jazz*.
Ia – go dda rŵan, hogia! Prats.

Ta waeth. Y newyddion mawr ydy y bydda i mewn
sioe!! Neu o leia dyna ma Jacanori'n ei feddwl. Oedd
o wrth ei fodd yn cael deud wrthan ni i gyd neithiwr.
Ma ganddo fo ffordd unigryw o neud pob dim, ma
rhaid deud. Ddaru o ddim jyst sefyll ar i draed a
chyhoeddi'r newyddion fel pawb call, ond aeth o ar ei
gwrcwd a sibrwd yng nghlust yr hogan ddistaw ma, ac
wedyn oedd rhaid iddi hi basio'r neges ymlaen i Wil
Wirion, a hwnnw i'r person nesa, fath â *Chinese
whispers* tan oedd pawb yn y stafall, tua 30 i gyd ma'n
siŵr, wedi dod i wbod. Oedd pawb wedi cyffroi fel
plant bach. Pawb ond fi. Delwedda dychrynllyd ges i,
o *Fame* a *leg-warmers* a hogia wedi'u coluro yn prancio

o gwmpas mewn *leotards* lelog a *head-bands*. Go damia! Pan ddudodd o mai *West Side Story* oeddan ni'n mynd i'w berfformio, weles i wên a llygada Aminah'n fflachio. God, ma hi'n dlws.

Dechreuon ni ddysgu'r caneuon yn syth, gan mai mond pump wsnos sy na tan y tri perfformiad. *Yeah, right. As if* y bydda i yn y sioe eniwe. Yma fel cosb ydw i, ddim i ddysgu caneuon bach diniwad a dangos i'r byd mor shit dw i am ddownsio. Yn neuadd yr ysgol bydd y sioe yn cael ei pherfformio, ac mi fydd o'n agored i'r cyhoedd. Fydda i ddim ynddi felly, reit siŵr! Treulion ni hanner awr yn dysgu cân y Jets. Ma'r geiria Cymraeg braidd yn gawslyd ond ma'r gân ei hun yn ocê am wn i. *West Side Story*. Roedd yr enw'n canu cloch yn rhwla ond don i ddim yn gyfarwydd efo'r plot.

Pan oedd pawb yn hel eu petha i fynd adra, dyma fi'n holi Aminah am y sioe. On i'n meddwl yn siŵr y bysa hi'n gwbod ac mi oedd hi hefyd.

"Dwy gang ydyn nhw," medda hi wrth gau ei chôt, "y Jets a'r Sharks. Americanwyr a phobol Puerto Rico yn y 50au, ac maen nhw'n casáu gyts ei gilydd. Wedyn ma un o'r Jets yn syrthio mewn cariad hefo un o'r Sharks, a wedyn... " Tasa pobol tywyll-eu-croen yn gallu cochi, dw i ddim yn ama y bysa hi wedi gwneud. Mi nes i ei hachub hi drwy ddeud, "Cŵl," a dyma hi'n deud bod na gân yn y sioe o'r enw *'Cool'*.

"No wê!" meddwn i, braidd yn rhy frwdfrydyg, "Cŵl!" Ac mi ges i wên arall. Chwerthin ar fy mhen i oedd hi? Ta meddwl mod i'n uffar o gês? Ches i ddim cyfla i wybod achos dyma'i brawd mawr hi'n canu corn i gar a gweiddi rhwbath arni mewn Punjabi. Ac o fewn munud oedd hi wedi mynd.

Dydd Gwener, Tachwedd 6ed

'Remember, remember the fifth of November;
Gun-powder, treason and pot.'

Ma Sparks ac Elfs wedi cael eu suspendio am gymryd drygs. Ma'r ysgol i gyd newydd orfod ista drwy farathon o wasanaeth am y peth. Oedd hyd yn oed nyrs yr ysgol a rhyw blisman yn gorfod sefyll ar sdêj a thraethu am beryglon cymryd cyffuria. Bechod na fysa rhywun wedi deud wrth Sparks ac Elfs am beryglon cael eich *dal* hefo cyffuria. Mond un sbliff oedd ganddyn nhw. Wedi'i gael o gan gefnder Sparks am wn i. Doedd o ddim fath â'u bod nhw'n gwerthu tunelli o'r sdwff i gids bach. Ond achos mai ar dir yr ysgol caethon nhw'u dal, yn ystod arddangosfa dân gwyllt oedd yn 'ddigwyddiad teuluol', oedd rhaid i'r Pyrf-athro wneud ffys. Felly ma'r ddau off ysgol am sbel. Bastads lwcus.

Oedd y plisman yn hilêriys. Oedd o fath â cwnstabl *old-school* pantomeim, yn gneud y peth rhyfadd na ma plismyn drama yn ei neud o sefyll hefo traed degmunud-i-ddau a siglo'n ôl ac ymlaen ar flaena'i draed. A doedd y ffaith ei fod o ar lwyfan hefo nyrs fach ofnus a phrifathro pyrflyd hefo mwstash comedi ddim yn helpu. Ei gamgymeriad o oedd trio bod yn cŵl. Mi ddechreuodd ei araith drwy restru cant a mil o enwau cyffredin ar ganabis. Yn Gymraeg!

"Wîd, pot, sdwff, gwair, mariwana, dôp... SGYNC!" medda fo, fel tasa fo'n cyhuddo'r anifail bach drewllyd o fod yn *drug baron*, ac mi ddechreuodd Catrin Wyn a Donna biffian chwerthin. Mwya yn byd oedd o'n trio'n dychryn ni, digrifa yn byd oedd o.

"Mi fysa cael eich herlyn am fod â chyffuriau yn eich meddiant yn farc du ar eich hanes chi am byth! Meddyliwch am hynny, blant." Meddylies i am y marc llosg ar fwrdd y Mynydd Grug, ac am y Jets yn y sioe yn gwichian, "*Gee officer, I'm scared!*"

"Ond yn waeth na hynny," medda fo gan stopio siglo am y tro cynta ers iddo fo agor ei geg, "mi fysa'r fath gyhuddiad yn eich rhwystro rhag cael unrhyw swydd gyfrifol!" BE? Fy rhwystro rhag ymgyrraedd â'm huchelgais fwyaf un sef bod yn athro crap neu'n blisman pratlyd? TRYCHINEB!

Wedyn daeth y nyrs druan, prin yn ddigon hen i fod wedi gadael ysgol ei hun, ymlaen i ddeud ei phwt.

Oedd hi fath â tasa hi'n siarad efo plant meithrin, yn egluro be fysa'n digwydd tasan ni'n derbyn da–das gan ddyn diarth.

"Diffyg cyd-bwysedd, arafwch corff a meddwl, chwerthin afreolus, gweld pethau... " Hei, oedd hyn yn dechra swnio'n cŵl!

"So ma cymryd drygs jyst fath ag yfad?" glywish i ryw foi bach Blwyddyn 7 yn ei ddeud. *Aye. Nice one, nyrs.*

Methiant llwyr oedd y gwasanaeth. Ddaru o mond llwyddo i neud tri pheth. Atgoffa'r disgyblion hyna mai penbyliaid sy'n rhedeg yr ysgol a chymdeithas. Ennyn chwilfrydedd y plant ieuenga ynglŷn â chyffuria a sut beth fysa fo i'w cymryd nhw. Codi statws Sparks ac Elfs fel rebals glamyrys fedar gael gafael ar sbliffs os da chi'n gofyn yn ddel. *Nice one,* Pyrf-athro.

Dyﬄ Llun, Tachwﬄ 9fﬄ

Fi ydy *Ice Man*. Na, dw i heb ei cholli hi, wedi ennill rhan yn y sioe dw i! Un o'r Jets ydw i, sef y gang o Americanwyr; ond fydda i ddim yn gorfod gneud acen Americanaidd am mai yn Gymraeg ma'r sgript.

Dwn i ddim pam ddiawl ma gin i ran, a'r rhan fwya o'r dosbarth mond yn y corws. Ond na fo, os ydy Jacanori'n ddigon o fwnci i'n rhoi i yn y sioe, fel cymeriad sgin enw a llinellau i'w deud, *nice one!* Gwell na symud props a pheintio set, dydy?

Fel hyn y digwyddodd hi. Dyma Jacanori'n egluro bod rhaid castio cyn gynted â phosib er mwyn i bawb gael digon o amser i ddysgu'u llinellau. Felly oedd rhaid i ni i gyd fynd mewn grwpiau a darllen gwahanol olygfeydd. Drwy ryfedd, hyfryd ffawd, ces i fy rhoi yn yr un grŵp ag Aminah. *Aye!* Ond wrth gwrs oedd hyn yn gneud i mi deimlo hyd yn oed yn fwy nerfus a cîn, felly erbyn daeth hi'n amser i mi ddarllen oedd fy nwylo i'n stici a'r sgript yn crynu ynddyn nhw, a hyd yn oed tasa hwnnw'n llonydd mi fyswn i wedi cael job ei ddarllen o, heb sôn am ei ddarllen o'n uchel, heb sôn am ei ddarllen o'n synhwyrol!

"Dw i'n mynd i'r toilet," meddwn i, a'i heglu hi allan o'r neuadd.

Sdwffiwch o! Dyna feddylies i. Fedra i ddim hyd yn oed darllan mewn ymarfer. Sut ma disgwl i mi berfformio ar lwyfan o flaen llond neuadd o bobol ddiarth, neu waeth, pobol dw i'n nabod?! Ond yn fy mrys, on i di mynd â'r sgript hefo fi i'r lle chwech, ac yn nhawelwch fanno ces i gyfla i studio'r geiria yn iawn. On i wedi clwad pobol eraill yn eu darllen nhw felly mi fedres i ddeall bob un, a mond golygfa fer oedd hi beth bynnag. Sdwffiwch o! Pam lai? Deg anadliad dwfn yn ddiweddarach, (dan ni'n gorfod gneud rhyw betha pwfflyd felly ar ddechra pob gwers,) a dyma fi'n hwylio i mewn i'r neuadd, a hwylio drwy'r olygfa hefo'r geiria i gyd ar fy ngho! Robert De Niro, dos i ganu!

Ar ôl i mi orffan ces i jîars – oedd pawb yn cael cymeradwyaeth hefyd, erbyn meddwl – a dyma fi'n sbio'n reddfol i gyfeiriad Aminah, a dyma hitha'n sbio i lawr mewn swildod, ond ddim cyn i mi weld y wên.

"Wel!" medda Jacanori, "os bydd pawb yn dysgu'u llinella mor gyflym â Math, dw i'n siŵr y bydd hwn yn brofiad hynod o bleserus!" *Yeah, right*. Oedd hynny cyn iddo fo nghlwad i'n canu, sydd ddim yn brofiad hynod o bleserus. On i'n swnio fath â brân ar dân. Ta-ta i'r gobaith o chwarae Tony, un o'r prif gymeriadau, a Romeo'r stori. Rhyw styd tal o'r enw Llŷr sydd hefo llais canu go iawn gath ran Tony, ac on i'n reit hapus drosto fo hefyd, tan ddudodd Jacanori na Aminah fysa'n chwara rhan Maria (Juliet) y prif gymeriad arall, sy'n gorfod snogio Tony drwy gydol y sioe ma'n siŵr. Crinc! Dw i ddim yn licio Llŷr rhyw lawer.

Oedd Mam ar ben ei digon.

"Wwwww! Fy Math bach i ar y llwyfan mawr! Mi fydd rhaid i mi fwcio tocyn am y tair noson, i mi gael rhoi tips i chdi ar sut i wella. Wwwww! Ma'r miwsical gin i ar fideo, erbyn meddwl. Be am iti ofyn i rei o dy ffrindia ddod draw i chi gael ei gweld hi?" Ia Mam, *nice one*. Dw i'n siŵr y bysa Sparks ac Elfs wrth eu bodda.

Dydd Mercher, Tachwedd 11fed

Ma Dad yn priodi. Rhyw ddynas o Stoke o'r enw Lindsey. Mi gafodd Mam lythyr bora ma. Oedd ei llgada hi fath â briwiau coch pan ddois i lawr grisia.

"Wsti be sy waetha?" medda hi, gan wasgu ei phumed Kleenex. "Hwn ydy'r unig lythyr sgwennodd y bastad ata i rioed!" Fydd Mam byth yn rhegi, a fydda inna byth yn ei hygio hi, ond mi nes i bora ma.

"Mi fyddwch chi'n iawn, Mam. Mi fyddwn ni'n ocê," oedd yr unig beth medrwn i 'i ddeud; ond gobeithio hynny on i, ddim gwbod.

Robert De Niro ella, *but Fred Astair I ain't*. Mi ddysgon ni rwtîn dawns neithiwr. Neu o leia mi ddysgodd pawb arall hi. Rhyw straffaglu i ddilyn y symudiada cyffredinol on i, yn ôl a mlaen neu i'r ochor. Oedd rhwbath oedd yn ymwneud â dwylo, breichiau, troi neu neidio tu hwnt i mi, fel daeth yn amlwg pan oedd raid i'r Jets, pump ohonan ni i gyd, berfformio'r gân ar ein penna'n hunain ar y diwedd.

CRINJ!!! Don i ddim yn ddrwg pan on i'n cael cuddio tu ôl i bawb arall a'u copïo nhw o'r cefn. Ond pan oedd rhaid i'r pump ohonan ni sefyll mewn rhes yn wynebu pawb a'i neud o'n hunan bach, aeth petha'n flêr. Ac nid blêr amherffaith-lle-i-wella ond Blêr-Traed-Moch, Dros-Ben-Llestri-Hwch-Drwy'r-

Siop-Go-Iawn. On i'n shit.

"Pen i fyny, Math!" galwodd Jacanori. Ond yr unig ffordd on i'n gallu gweld be on i fod i neud oedd drwy sbio i lawr ac i'r ochor ar bawb arall. Ddim bod hynny fawr o help. Un peth oedd gweld a dallt be on i fod i neud, peth arall oedd 'i *neud* o. Os oedd y pedwar arall dipyn bach yn rhydlyd, on i'n *right-off*.

"Dim yn ddrwg! Dim yn ddrwg o gwbwl..." medda Jacanori'n glwyddog ar ôl i'r hunlla fod drosodd. Wedyn ces i air bach yn fy nghlust. "Math, oeddat ti i weld yn cael mymryn o drafferth." Mymryn? MYNYDD *more like it*.

"Y miwsig, syr, oedd o'n gyflym braidd," oedd y peth cynta ddaeth allan. Don i ddim isho dechra hefo rhyw rwts, 'Dwi'n-dyslecsic-a-beryg-i mi-ddifetha'r-sioe' efo fo. Os oedd o'n gwbod am y peth, ddaru o ddim dangos hynny.

"Wel neith y gerddoriaeth ddim arafu i chdi nag i neb arall, felly bydd rhaid i'r coesa na gyflymu'n bydd!" medda fo. Penbwl.

"A chofia ofyn os ti angan help... " medda fo wedyn. Oedd o'n gwbod? Sdwffiwch o, dw i ddim angan ei help o. Ond ella byswn i'n gallu gofyn am help Aminah. Ma hi'n briliant am ddownsio. Er, dwn i ddim pam bysa hi isho wastio'i hamser yn dysgu methiant fel fi. Ac eniwe, doedd hi ddim yn yr ymarfer neithiwr. Sgwn i lle oedd hi?

Dydd Gwener, Tachwedd 13eg

Ma hi'n ista wrth fy ymyl i'r eiliad yma. Aminah. Wel
ddim yn llythrennol wrth fy ymyl i, siŵr, neu fyswn i
ddim yn gallu sgwennu hwn heb iddi hi weld; ond dau
gyfrifiadur i ffwrdd, A does na neb ar y cyfrifiadur sy
rhyngon ni, felly ma hi, mewn ffordd, yn ista drws nesa
i mi. Gylp.

Dw i ddim yn gwbod be i neud rŵan. Ga i sbio arni
hi? Ma cyhyra ngwddw i wedi parlysu fel na fedra i
ddim troi mhen i edrych, er na dyna dw i isho'i neud,
yn fwy na dim byd… Os dw i'n trio'n galad, galad, mi
fedra i bron iawn ei gweld hi drwy gil fy llygad dde.
Ond mond yn blyri. Ma'i gwallt hi i fyny heddiw,
mewn plethan sydd hefyd yn fyn. Ma siŵr na'i mam hi
sy'n gneud ei gwallt hi bob bora. Ma hi'n edrach fath
â tywysoges o wlad bell. Shit – Dw i wedi sbio arni hi!

Diolch byth, ma hi wedi mynd. Ga i ddechra anadlu
eto. Dyma be ddigwyddodd. Mi welodd hi fi'n sbio, a
dyma hi'n gwenu a gofyn sut oedd drama nos Fawrth.
Mi nes i ddisgrifio fy methiant yn y ddawns agoriadol.
Oedd hi'n ei dybla. Don i rioed wedi'i chlwad hi'n
chwerthin o'r blaen. Ma hi hyd yn oed yn dlysach pan
ma hi'n chwerthin. Gofynnes i iddi pam nad oedd hi
yn y dosbarth, a daeth na gwmwl sydyn dros ei
hwyneb hi.

"O… doedd gin i ddim lifft." Pam oedd hi'n sbio i ffwrdd? Mi ofynnes i iddi lle'r oedd hi'n byw.

"Pen Caera," medda hi.

"Sgin ti lifft heno?"

"Dw i ddim yn gwbod," medda hi. "Dibynnu."

"Wel os nad oes, mi gerdda i di adra. Dydy o ddim yn bell o nhŷ i."

"Lle ma fanno?"

Twll din byd.

"Ar gongol Pwll Tŷ'n Rhyd," meddwn i.

"E? Ond ma fanna ochor arall y dre!"

Ti'n meddwl bod ots gin i? Ti'n meddwl y bysa ots gin i dy gario di ar fy nghefn yr holl ffordd i Timbyctŵ yn droednoeth? Ddudes i ddim hynny chwaith. Be ddudes i oedd mod i'n licio cerddad. Gwell swnio fath â drong na swnio'n despret, am wn i. Mi wenodd hi eto, pwyso *shut down*, codi ei bag a'i chôt a mynd. A dyna dw inna am 'i neud rŵan.

O.N. Ma hi'n *Friday the thirteenth*. Ella ga i'r steps i gyd yn berffaith heno. *Yeah, right.*

Dydd Llun, Tachwedd 16eg

Un ges pwy sy'n ôl yn rysgol? Ia, Sparks ac Elfs, yr enwog gamddefnyddwyr cyffuriau dieflig. Ma'r ddau yn edrach ar ben eu digon ar ôl cael wsnos hir o deledu *non-stop* a *lie-ins* adra. Bygyrs jami.

"Paid ti â gadael i'r hen Elfyn Pari a hogyn siop Spar fynd â chdi ar gyfeiliorn, cofia," medda Mam bora ma, yn gweiddi dros sŵn y blendar. Ma hi ar *detox* ac yn yfad gync selari a ciwcymbyr bob munud. Sgym.

"Na i ddim," gwaeddes i'n ôl. Be ydy mynd ar gyfeiliorn eniwe? Rhwbath i neud efo drygs ma'n siŵr.

"Oedd o'n smât!" medda Elfs ar ôl tanio'i ffag ola cyn y gloch. Mi gaethon ni fynd i plîs–sdeshon a gorfod piso mewn potal a ballu."

"Trio'n dychryn ni oeddan nhw," medda Sparks yn dangos i hun o flaen Catrin Wyn. Ma Donna wedi cael byg. "Ond oeddan ni'n cŵl, doeddan Elfs?"

"*Aye*, mêt. Oeddan ni'n *super-cool*, doeddan?"

"*Too right!* Oeddan ni'n *high!*"

Oeddat, mwn, ar ôl un tun o Fosters a hanner joint dila gin dy gefnder. Y llyffant *lightweight*.

Sgin i ddim mynadd hefo nhw wedi mynd. Maen nhw rêl sbiwch-arna-fis, yn dangos eu hunain o flaen genod, palu clwydda a pigo ffeits jyst er mwyn clwad eu lleisia eu hunain, yn union fath â dwy *drama queen*.

Ia! Dyna ydyn nhw! Dwy *leading lady* yn cwffio am y brif ran yn eu ffars fach wirion eu hunain. Pathetic. A ma gynnyn nhw'r *cheek* i ngalw *i*'n brimadona! Mi fydd rhaid i mi ddeud hynna wrth Wil Wirion achos mi fysa fo wrth ei fodd. Ma gan Wil chwerthiniad nyts. Dw i rioed wedi clwad y fath chwerthiniad gan neb arall. Am yr eiliada cynta, dw i wastad yn meddwl i fod o'n gneud ati, ond wedyn dw i'n sylweddoli nad ydy o ddim a bod y sŵn gwallgo ma sydd rhwla rhwng rhu a rhech, yn dod o'i enaid o. Dyna sy'n gneud i minna chwerthin yn ei gwmni o, chwerthin efo fo ac ar ei ben o run pryd. Don i rioed wedi clwad Wil yn chwerthin o'r blaen, achos bod pobol fel Sparks ac Elfs yn cymryd y *piss* ohono fo ma'n siŵr. Ond does na neb yn malio am betha felly mewn drama.

"Dan ni i gyd mor ridicilys â'n gilydd, tydan?" fel ddudodd Aminah noson o'r blaen. Oedd hi yn yr ymarfer neithiwr, ond doedd hi ddim yn gwenu gymaint ag arfer, ac mi aeth hi'n syth adra ar y diwadd heb aros am sgwrs. Gobeithio ei bod hi'n ocê.

Dydd Mercher, Tachwedd 18fed

SHE LOVES ME!!! Ma'r Mynydd Grug wedi rhoi tri marc ymdrech i mi, "am fod safon y gwaith a'r ymddygiad wedi gwella'n aruthrol dros yr wythnosau diwethaf." DOH! Dydy'r ffaith bod fy ngwaith i'n gwella ddim yn golygu mod i'n *trio'n* galetach, y gloman! Os rhwbath mae o'n golygu mod i'n trio *llai* achos mae'n cymryd lot llai o ymdrech i fihafio nag i fod yn ddireidus a ffraeth a gwreiddiol a ffendio ffyrdd bach newydd o fynd dan ei chroen hi. Dw i'n mynd i awgrymu i'r Pyrf-athro y dylian nhw ddechra rhoi marcia ymdrech i ddisgyblion digwilydd, gan mai rheini, yn fwy na'r defaid distaw, diflas sy'n trio gleta, ac sy'n ymdrechu mwya mewn gwersi.

Basa'n well gin i gael marcia ymdrech gan Jacanori yn y dosbarth drama, achos dw i *yn* trio ngora yn fanno. Trio nes dw i'n chwysu chwartia a nes ma mrên i'n brifo wrth ganolbwyntio ar gofio be sy'n dod nesa.

"Ymlacia, Matthew!" medda fo neithiwr, fel tasa hynny'n beth hawdd a finna'n gwbod yn iawn mod i'n downsio fath â dyn dall ac yn canu fath ag un byddar. Ymlacio! *Yeah, right.*

Ond mi nes i drio, chwara teg. Trio anghofio i fod o'n anodd a jyst mynd hefo fo. Peidio rhoi shit os on i'n gneud camgymeriada. Ond hel's bels, oedd na le wedyn!

"Ma rhaid iti *drio*, Matthew! *Tria*, bendith Tad!"

"Ond syr, ddudoch chi…" oedd pawb yn sbio arna i. Clywes i rywun yn sibrwd, rhywun arall yn chwerthin. Teimles i'n wynab i'n mynd yn boeth a mhen i'n dechra canu.

"Sdwffiwch o!" meddwn i, a mhoer i'n tasgu, jyst fel oedd o fod i neud pan oeddwn i'n geirio'n glir. Ac allan â fi yn stemio.

Typical. A finna'n meddwl, am unwaith, ella, jyst ella, mod i wedi dod o hyd i rwla lle na fyswn i'n cael fy marnu, a phobol sy ddim isho'n rhwygo fi'n grîa bob tro dw i'n gneud rhwbath o'i le. *No chance*. Dw i ddim yn cofio teimlo mor flin erioed – hefo Jacanori, hefo fi'n hun, hefo'r byd, hefo'r Pyrf-athro pratlyd a'r Seico Addysg wirion na am 'y ngorfodi i neud rhwbath don i ddim isho'i neud yn y lle cynta… Ond dyna'r draffarth. Mi *on* i isho'i neud o. Mi *ydw* i. Ond fedra i ddim. FEDRA I DDIM. A be ydy'r pwynt trio gneud rhwbath a finna'n gwbod na fydda i byth, byth, byth yn medru'i neud o?

On i'n gwbod bod na rywun yn sefyll tu ôl i mi, yn paratoi i ddeud rhyw eiria doeth, rhyw *cliché* craplyd oedd i fod i neud i mi deimlo'n well. On i'n cymryd mai fo fysa fo, yn barod hefo'i araith 'drwy Ymdrech y daw Llwyddiant, Matthew.' Felly, ces i'r blaen arno fo.

"Peidiwch â teimlo piti drosta i. Dw i'n gwbod mod i ddim yn ddigon da," meddwn i fel bwled. A wedyn teimles i law ifanc ar fy ysgwydd, a pan sbies i arni hi oedd hi'n llaw frown a modrwyog.

"Dw i ddim yn teimlo piti drostach chdi," medda hi'n blaen. "Ti'n iawn, dwyt ti ddim yn ddigon da."

"*Cheeks!*" meddwn i a throi i'w hwynebu hi. Oedd hi'n gwenu.

"Ond mi fedri di fod... hefo tipyn bach o amynedd a dyfalbarhad." Oedd hi'n swnio fath ag athrawes, ond yn edrach fath ag angel.

"Tyd," medda hi'n syml. No wê, meddwn i wrtha i'n hun. Dw i rioed wedi mynd yn ôl i mewn i ddosbarth hefo nghynffon rhwng fy nghoesa ar ôl stormio allan. Dydy o jyst ddim yn *done thing*. Mae o fath ag ildio...

"Tyd, sdwffia nhw!" medda hi, fel tasa hi wedi darllen fy meddwl i. Wedyn mi hitiodd fi. Be on i'n neud, yn dadla hefo'r hogan gôrjys ma a hitha'n rhynnu?

"Stwffia nhw!" meddwn inna, ac aeth y ddau ohonan ni i mewn hefo'n gilydd.

Dydd Gwener, 20fed
Tachwedd

Mi weles i ffilm HOLLOL NYTS neithiwr, am y boi
ma'n torri i mewn i garchar er mwyn achub ei ffrind.
Clasic. Oeddan ni'n gorfod talu i fynd i'w gweld hi,
achos ma cefndar Sparks wedi cael y sac o'r cowntar
popcorn am fod y manijyr wedi clwad am helynt
noson tân gwyllt. Keith de. Ma'n siŵr y bydd o'n
gorfod gwerthu rhwbath dipyn cryfach na phopcorn i
neud ei fywoliaeth o hyn ymlaen.

"Yn jêl bydd ynta ryw ddiwrnod," medda Elfs.

"*Piss off*! Ti'n swnio fath â dy fam!" Ma gin Sparks
dempar fath â'i enw.

"Wel o leia dw i ddim yn *edrach* fath â fy mam!"
Oedd Elfs ar ben ei geffyl rŵan.

"Pam, be sy'n bod ar sud ma Mam yn edrach?"

"Dim byd!" Pam na fydden nhw wedi ei gadal hi'n
fanna? Pam bod y ddau yn gorfod mynd yn rhy bell
bob tro? Pam, bob tro maen nhw'n sôn am fam
rhywun mewn ffrae, ma hi'n dechra mynd yn rhyfal?

"Na cym on, Elfs, os oes gin ti broblam efo sud ma
Mam yn edrach, dw isho gwbod!"

"Ddim gin i ma'r broblam!" *Ere we go*, meddwn i
wrtha i'n hun, yr un hen ddadl, gin ti ma'r broblam.
Naci, chdi! Naci, chdi!! Naci, chdi!!! ayyb ayyb nes ma

un yn rhoi peltan i'r llall a ma hi'n mynd yn ffeit bla–di–bla–di–bla.

"Tyfwch i fyny, newch chi!" meddwn i, a dyma'r ddau yn tewi, rhewi, a throi i sbio arna i. "Dach chi fath â dau gid bach yn ffraeo am eich mama. Dach chi isho gwatsiad y ffilm ma ta be?" Ac am unwaith mi wrandawodd y ddau arna i. Felly dyna neuthon ni.

Ar y ffordd allan oeddan ni, Elfs a Sparks wedi llwyr anghofio am y dadla, yn fêts gora unwaith eto ac yn uchel eu cloch am wychder y ffilm, pan weles i'r boi ma, yn ei ddauddegau, tywyll ei groen. On i'n gwbod mod i'n ei nabod o rwla. A wedyn dyma fo'n sbïo arna i, ac mi gofies i – brawd Aminah! Es i ato fo. Oedd o'n sefyll hefo un neu ddau o hogia Indiaidd erill.

"Brawd Aminah wyt ti, ia?" meddwn i.

"*I don't speak Welsh,*" medda fo. Doedd o ddim yn gwenu hanner cymaint â'i chwaer.

"*That's ok. You're Aminah's brother, yeah?*" meddwn i.

"*Yes,*" Oedd ei llygada fo fel tasan nhw'n tyllu i mewn i mi, "*I'm her big brother, and she's my little sister. I've seen you. Drama, is it?*"

"*Yeah. It's really cool.*" Mi gododd ei aelia duon fath â dwy gigfran yn hedfan.

"*Cool, aye? Dunnow what Aminah sees in it. Waste of time if you ask me.*"

"Oh no!" meddwn i, cyn clwad fy hun yn swnio fel prat. *"I mean… she's very good. She's brilliant… "*

"So you like her then?" Oedd ei lais o'n dduach na'i aelia fo.

"Yeah… yeah she's cool…"

"Cooler than drama?" Dw i ddim yn meddwl i fod o'n disgwyl atab i'w gwestiwn. Chafodd o'r un eniwe, mond distawrwydd fath â bom yn gwitsiad i fynd *off* rhyngon ni.

"Anyway, take care," meddwn i, a mynd yn ôl at yr hogia.

"You too," medda fo… *"You too,"* heb ronyn o gynhesrwydd na gwên.

"Ers pryd ti'n fêts efo Vindaloo, Matt?" medda Elfs ar ôl gorffan ei ffag.

"Dydy'r Vindaloos ddim yn fêts efo *chdi*, o be weles i." Oedd Sparks yn ciledrych ar y gang, oedd bellach wedi ei chychwyn hi am ganol dre.

"*Typical* chdi, Sparks. Sdyrio. Dowch, pwy sy isho *chips*?" meddwn i, ond dw i ddim yn ama bod Sparks yn llygad ei le.

Dw i'm yn dallt y peth. Dw i wedi treulio'r penwythnos cyfan yn meddwl amdani hi a dw i'n dal i feddwl amdani hi rŵan er mod i ddim isho fwy na chur yn fy mhen. A *mae* o fel cur yn fy mhen. Ond cur braf.

"Ti ar drygs?" medda Mam bora ddoe.

"Nadw, Mam," meddwn inna hefo gwên wirion ar fy ngwep.

"O, be sy ta? Ma na rywbath yn bod arnach chdi. Ti heb fod yn cymryd fy *detox herbs* i, gobeithio. Maen nhw'n betha drud, sdi!"

"Naddo, Mam. Cur pen."

"Wel cymra Solpadin, ta."

Solpadin, dau dwll tin. Basa'n well gin i yfad y gync gwyrdd yn y blendar na phopio pilsan sy'n mynd i nymio fy mrêns i. Basa well gin i foddi mewn slwj sleimi am weddill fy oes na pheidio gallu meddwl amdani hi.

Meddwl amdani hi on i bnawn Gwener, yn y practis drama. Oedd hi'n canu unawd Maria, *'I feel pretty'*. A'r cwbwl fedrwn i feddwl oedd, "Wyt. Argol, wyt, mi rwyt ti". Oedd hi'n chwyrlïo dros y llwyfan, yn wên i gyd, yn tynnu llathenni o ddefnyddia *chiffon* ar ei hôl, ei gwallt hi fath â baner sidan ddu, a hitha'n canu fel eos. Fanno on i, yn y *wings*, yn methu credu'r hyn on i'n weld na'i glwad na'i deimlo, a byth isho i'r gân ddod i ben. Ond, wrth gwrs, mi ddaru. A hynny hefo swadan ar fy mhen. Wil Wirion ddaru. Y bastad.

"DOS! Ti fod ar sdêj!" medda fo a ngwthio i mlaen.

"Mynediad hwyr, Math," medda Jacanori'n syth bin. "A blêr iawn hefyd os ga i ddeud. Neith o mo'r tro. Awn ni o ddiwedd y gân." *Perfectionist* uffar.

Ma Mam fel na hefyd. Byth yn bodloni ar lai na pherffaith. Dim briwsionyn ar fwrdd y gegin. Dim blewyn yn y bath. Dim smyj ar y colur. Dim anhawsterau dysgu ar y plentyn. Dyna ydy perffeithrwydd i Mam. Piti mai ddim felly ma hi go iawn. Ond un sâl ydw i am lanhau'r bath.

"Does na neb yn berffaith, Math!" medda Aminah wrth i mi gael y step yn rong am y canfed tro. Aeth hi dros y ddawns agoriadol efo fi yn ystod brêc yn yr ymarfer, chwara teg iddi.

"Ond dyna ma Jacanori isho!" meddwn inna. "Perffeithrwydd! Dyna ddudodd o."

"Ma na wahaniaeth rhwng bod yn gywir a bod yn berffaith. Isho i ni gael y steps yn *iawn* mae o sdi. Dysga nhw'n iawn i ddechra. Ma gin ti dros bythefnos i'w perffeithio nhw, does?" On i'n gwbod ei bod hi'n iawn. Ma hi wastad yn iawn. Ond ma hi'n anodd cofio hynny pan ma nhraed i'n gneud un peth, a thraed pawb arall yn gneud rhwbath hollol wahanol. Ma hi'n anodd cofio nad oes neb yn berffaith pan ma Llŷr Pur

yn actio a downsio a chanu fel pro, nes dw i'n teimlo'n
sâl, mor sâl nes dw i isho piwcio ar hyd ei *drainers*
trendi o.

"Ga i o'n iawn erbyn y sioe, dw i'n gwbod."

"A finna," medda hitha gan wenu.

Dydd Mercher, Tachwedd 25ain

Ma mol i'n dal i frifo. Dw i ddim yn cofio'r tro dwytha
imi chwerthin gymaint. Newydd ddod o wers Ffiseg
ac roedd Ffrised yn ei elfen, yn rhuthro o gwmpas y
dosbarth wrth drio cyfleu ffrwydriadau hefo'i freichia,
a trio achub un o ronynnau ola ein diddordeb yn ei
bwnc o. "Man cychwyn a phinacl pob
gwyddoniaeth." *Yeah, right.* Dyna maen nhw i gyd yn
ddeud.

Oedd gin i gywilydd braidd pan ges i mhapur prawf
yn ôl. 72%!! Ma'n siŵr na Ffrised ddaru neud mistêc
wrth ei farcio fo. Dw i rioed wedi cael dros 60% o'r
blaen.

"Canmoladwy, Matthew!" medda fo dros ei
sbectol. Ddalltes i rioed be yn union ma'r gair yna'n ei
feddwl. Ma pob dim yn 'ganmoladwy', siŵr Dduw,
cyn belled â bod rhywun yn medru ei ganmol o – ac
mi fedar rhywun ganmol pob uffar o bob dim os ydy
o isho!

"Waw, 72%" medda Elfs dan ei wynt. "Yr Einstein newydd, yli Sparks!"

"Ac ynta'n dyslecsic?" medda hwnnw'n ddigon uchel i Catrin Wyn a Donna glywad. "Wel, dyna ichi gamp!" On i isho cyhoeddi i'r dosbarth i gyd bod Einstein ei hun yn dyslecsic. Ffaith y bydda Dad yn fy atgoffa i ohoni o hyd ers talwm. Fel arfer mi fyswn i wedi cau ngheg, ond oeddan nhw'n haeddu hon. Ddim fy mai i ydy o mod i'n cael marcia uwch gin athrawon dyddia ma, naci? Dw i'n amlwg ddim yn *gymaint* o *genius* â hynna neu fyswn i'n gwbod pam mod i'n gneud yn well, byswn! Sdwffio fo. Ella mod i'n gwrando'n well mewn gwersi am mod i'n gorfod gwrando mor astud ar linella pobol erill yn y sioe i wybod pryd i ddeud fy rhai i. Eniwe, mi gaethon nhw wbod am Einstein.

Ond ddim arna i oedd Catrin Wyn a Donna'n chwerthin. Piffian oeddan nhw i ddechra, fel y byddan nhw o hyd.

"Byddwch ddistaw, genod!" brathodd Ffrised. Ond doedd deud hynny mond yn ei neud o'n ddoniolach. Roedd o'n methu dallt, a doeddan ninna'n methu dallt be oedd y ddwy yn ei gael mor ddoniol. A wedyn mi weles i o. Yr hanner cwpan *polysteirin* oedd yn nythu yng nghefn ei wallt, a hwnnw wedi'i dorri mewn siâp anweddus. Briliant. Roedd pwy bynnag ddaru hynna, pwy bynnag oedd yn ddigon dewr i'w roi o yn ei le, yn athrylith. Oeddan ni'n rhowlio chwerthin. A Ffrised yn dal i frasgamu rownd y dosbarth, yn meddwl y bysa hynny'n tynnu'n sylw ni oddi wrth be bynnag oedd wedi'n ticlo ni. Ond wrth gwrs, mond arddangos yr addurn yn well ddaru hynny, fel bod pawb yn gweld! Oedd Catrin Wyn yn chwerthin gymaint, mi ddisgynnodd hi oddi ar ei stôl!

"Oi! be sy?" Gwichian oedd o, nid gofyn, "Be sy haru chi i gyd? Sgin i gyrn ar fy mhen neu rwbath?"

"Nag oes... Nag oes syr," medda Elfs yn ei ddybla, "ond *ma* gynnoch chi goc!" Fedar hyn ddim mynd ddim gwell, meddylies i... pan gerddodd y Pyrf-athro i mewn! Gaethon ni drît a hanner wedyn.

"Ma'r plant ma'n ymddwyn yn hurt, Brifathro. Trio gneud i mi gredu bod gin i ffigwr ffalig ar fy mhen!" Distawrwydd. Oedd o'n reit ypset erbyn hyn. Fysa hi'n ditenshyn ar bawb? Doedd na ddim awgrym o wên ar wep y Pyrf... ond mi roedd hi'n amlwg ei fod o wedi sylwi ar yr addurn yn nyth Ffrised. Sôn am gywilydd! Oedd o'n hollol *stumped*. Dyma fo'n hofran o gwmpas y broblem am sbel, fath â gwenynen yn ansicr a ddylai hi bigo neu beidio. Wedyn, ar ôl cryn fymblo a gohirio, yn hollol ddisymwth, mi gipiodd y darn cwpan anweddus o gorun y nythfa a'i ddal o hyd braich wrth wibio drwy'r drws. *Superb*. Pam na fedar pob gwers fod fel honna? *Nice one*, Elfs. Mond fo fysa'n meddwl am neud rhwbath mor nyts. Ond pan es i ato fo i'w longyfarch o am ei athrylith, dyma fo'n sbio i lawr i drwyn arna i a deud, "Cau dy geg, *teachers pet*. Ti rêl llyfwr, dwyt?"

Does na ddim byd gwaeth na chael fy nghamddeall.

Dydd Gwener, Tachwedd 27ain

FI YDY PENCAMPWR TRAIS Y DOSBARTH DRAMA!! Dw i rioed wedi teimlo mor falch ohona fi'n hun. Ma'r sioe yn dechra siapio, felly nos Fercher mi gaethon ni redeg trwy be ydan ni wedi'i neud hyd yn hyn. Oedd pob dim yn ei le, oedd pobol wedi dechra dysgu'u llinella, ac oedd hyd yn oed fy rwtîns i'n well nag y buon nhw. Diolch i ryw wyrth – a mynadd Aminah. Run peth ella.

"Ond ma'ch perfformiadau chi'n gywilyddus," medda Jacanori hefo'i freichia wedi'u plethu. Y llyffant! A ninna'n meddwl ein bod ni'n gneud yn ocê am unwaith.

"Taswn i'n gwylio'r sioe am y tro cynta fel ddaru chi hi rŵan, fysa gin i ddim syniad be ydy'r stori. Lle oedd y trais? Yr elyniaeth? Yr atgasedd? Jets a Sharks! Oedd yr ymladd yn edrach fel tasach chi'n cosi'ch gilydd! Aminah a Llŷr. Roedd y cofleidio a'r gusan yn flêr."

Doh! Tydyn nhw ddim yn ffansïo'i gilydd go iawn, nac ydyn, y crinc!

55

Felly mi dreulion ni awr yn darganfod casineb a chariad tu mewn i ni. *Ere we go,* meddwn i wrtha i fy hun. Rhywun i alw'r pwff-brigêd. I ddechra, oeddan ni i gyd, fesul un, yn gorfod gwylltio hefo'r gadair. Ia! Cael ffrae danbaid hefo darn o blastig a metel! Diolch i'r drefn, ddim fi oedd y cynta i orfod gneud hyn. Wil Wirion oedd y creadur anffodus. Mi dreuliodd o hanner munud jyst yn syllu ar y gadair ma. Dwn i ddim be oedd yn mynd drwy'i feddwl o. Wedyn dyma fo'n dechra cerddad o'i chwmpas hi, ei ddyrna fo'n caledu a'i dalcen o'n crychu. Yna, mwya sydyn, dyma fo'n dechra hyrddio'r cyhuddiadau rhyfedda at y gadair druan. Deud ei bod hi'n gelwyddog a dau-wynebog ac na ddaru o rioed ei thrystio hi.

"A paid â meddwl mod i isho chdi'n ôl rŵan, y slag!" oedd pinacl yr araith. Wil druan. Ma rhaid bod ynta wedi bod drwy'r drain rywbryd.

Fi oedd nesa. Dyma fi'n dychmygu mai'r gadair oedd yr holl betha dw i'n eu casáu: pobol smyg, Llŷr-Perffaith-Bur, gync *detox* Mam, y ffordd oedd brawd Aminah'n sbio arna i, dyslecsia, fi'n hun, a dyma fi'n anghofio am bawb arall a dechra bytheirio. Doeddan ni ddim yn cael cyffwrdd yn y gadair, mond ei chasáu hi â chas perffaith. Oedd o'n deimlad anhygoel. Pob gewyn a gair yn dynn gan gasineb. Dw i wedi clywad am 'ollwng stêm', ond oedd hyn yn well na *sauna*!

Wnes i ddim sylweddoli be on i'n ddeud tan on i'n ei ddeud o. Dyrnu'r llawr o gwmpas y gadair ac erfyn arni hi. "Pam nest ti'n gadael ni'r bastad? Pam nest ti'n gadael ni?" Ar y diwadd on i'n teimlo braidd yn Jerry Springeraidd o felodramatig. Ond on i wedi ymlacio'n llwyr. Dw i ar flaen y gad ymhob golygfa ymladd o hyn ymlaen; *nice one!*

Pan ddaeth hi'n dro Aminah, don i ddim isho sbio. Don i rioed wedi'i gweld hi'n gwylltio o'r blaen, a don i ddim yn siŵr on i isho. Ond gwylltio ddaru hi, yn araf a distaw ac mewn iaith nad on i'n ei dallt. Oedd hi fel tasa hi'n trio egluro rhwbath i rywun oedd yn gwrthod gwrando. Y mwya blin oedd hi'n mynd, distawa yn y byd oedd ei llais hi, ei llgada hi ar gau a'i thu mewn hi'n brifo i gyd. Waw!

Wedyn tasg anoddach, gorfod syrthio mewn cariad hefo'r gadair! Crinj. Tro ma dyma fi'n dychmygu mai'r gadair oedd yr holl betha on i'n eu caru. Ond don i mond yn gallu meddwl am un. Ac oedd honno'n ista chydyg lathenni oddi wrtha i. Dyma fi'n trio dychmygu mai hi oedd y gadair, ond doedd hyn ddim yn beth hawdd, a finna'n gallu teimlo'i gwên hi arna i, hyd yn oed heb sbio. Yn bendant, oedd hi'n haws casáu'r gadair na'i charu hi.

"Ardderchog, pawb!" medda Jacanori ac roedd o'n amlwg yn ei olygu o. "Aminah a Llŷr, newch chi aros ar ôl am ddeg munud i ymarfer y ddeuawd, os gwelwch yn dda." Mi ddudon ni ta-ta hefo'n llygada. Bastad lwcus.

Oedd hi'n braf cael awyr iach. Dyma fi'n ista am funud a meddwl. Dw i wedi penderfynu bod rhaid i mi ddeud wrth Aminah. Ma bywyd yn rhy fyr. Ond sut ma gneud hynny:

1) heb iddi hi feddwl mod i'n brat
2) heb ddifetha'n cyfeillgarwch ni
3) heb i mi farw o nerfusrwydd/cyffro/cywilydd?

Meddwl am hyn on i pan ges i gic bach yn fy esgid.

"Piss-off!" meddwn i a sbio i fyny, yn disgwyl gweld Elfs neu Sparks. Ond fo oedd o. Yn tyrru uwch fy mhen i, ei llygada fo'n dduach na'r nos tu ôl iddo fo.

"I thought you... " meddwn i.

"Weren't coming tonight?"

"No. I thought you were... "

"Stupid? Where is she?"

On i ar fy nhraed mwya sydyn. Oedd o wedi grabio'n siaced i ac wedi fy helciyd i fath â pyped a rŵan oedd o'n syllu i mewn i mi, drwydda i. Mi fyswn i wedi rhedeg i ffwrdd taswn i'n medru.

"Where is she?" medda fo wedyn.

"She's... she's inside... pr-practising... "

"So why aren't you inside, my friend?" Oedd o'n 'y ngwasgu i'n dynnach nes o'n i'n cael trafferth anadlu.

"And where the hell's everybody else?" Doedd hwn

ddim angen gweithdy casáu cadair yn amlwg! Oedd ei lygada fo'n duo, a dw i'n siŵr y bysa fo wedi rhoi dwrn i mi yn y fan a'r lle tasa Jacanori ac Aminah a Llŷr heb ddod allan o'r neuadd yr eiliad honno. Dw i rioed wedi teimlo'r fath ryddhad. Gollyngodd o fi'n sydyn cyn i neb weld.

"*Watch it,*" medda fo dan ei wynt. A dyma fi'n meddwl am eiria Spike noson o'r blaen. "Dydy'r Vindaloos ddim yn fêts efo chdi." Ddaru hi ddim sbïo arna i wrth fynd i mewn i'r car, a doedd na ddim gwên yn ei llygaid wrth i'w brawd ei gyrru hi i ffwrdd i ganol y tywyllwch.

Dydd Llun, Tachwedd 30ain

Ma Mam wedi fflipio. Deffres i bora dydd Sadwrn efo ogla mwg mawr yn fy llofft i. Ond nid ogla cyfarwydd tost neu fecyn yn llosgi oedd o, ond TÂN! Neidies i allan o ngwely a sgrialu drwy'r tŷ yn chwilio am Mam. Ond doedd na ddim golwg ohoni hi nag o'r un tân chwaith. Mi redes i allan i'r ardd, a fanno oedd hi, yn ei choban Micky Mouse a'i Marigolds, yn taflu petha Dad ar goelcerth, a honno'n fflamio.

"Be dach chi'n neud, Mam? Sdopiwch!" meddwn i, yn trio achub llond llaw o records oedd hi ar fin eu taflu i ganol y fflama.

"Os na cha i nhw, reit siŵr cheith *hi* mohonyn nhw!" Roedd hi'n sgrechian fel dynas o'i cho ac yn crynu, er ei bod hi bron â bod yn sefyll yn y tân.

"Mi gymra i nhw ta!" meddwn i. "Neu gwerthwch nhw, neu rhowch nhw i elusen!"

"Tasa fo yma rŵan," medda hi hefo gwreichion yn ei llgada, "mi fyswn i'n i losgi o'n fyw fath â Guto Ffowc!" Dw i rioed wedi clwad neb yn crïo fel na o'r blaen. "Biti na fysa fo yma!" medda hi drosodd a throsodd. Mi afaeles i amdani a'i theimlo hi'n fach, fach yn fy mreichia i. Es i â hi i'r tŷ a gneud panad. Wedyn mi lwyddes i ddiffodd y goelcerth a chadw'r petha oedd heb gael eu llosgi: amball ddilledyn, un neu ddau o lyfra *spies,* a bocsys hen records bysa wedi'u cremetio tasa Mam wedi cael ei ffordd.

Yn fy llofft bues i wedyn yn gwrando ar y recordia: Johnny Cash, Nina Simone, ac amball grŵn ar Latino doji. Mi orweddes i yno am oria. Jyst yn meddwl. A meddwl. Am Dad. Am Mam. Ac am Aminah a Llŷr a Maria a Tony a'r Sharks a'r Jets a chasineb a chariad a chadeiria a dyrna a llygaid duon, diarth. Meddwl. A llais clwyfedig Gram Parsons yn llifo drosta i, drwydda i: 'Oooooo, love hurts. Oooooo, love hurts.' Ac mi roedd o.

Dydd Merchar, Rhagfyr 2il

Cachfa. Fi ydy Sado Swyddogol y flwyddyn. No wê mod i'n *teacher's pet,* ond ma na ryw ffŵl wedi penderfynu mod i'n haeddu coler a lîd. Ar ganol y gwasanaeth ddigwyddodd o. On i'n trio gorffen fy ngwaith cartra Cemeg ar fy nglin, pan glywes i'n enw i'n cael ei gyhoeddi o'r llwyfan.

"Shit!" meddwn i, a sbïo i fyny, yn disgwyl cael uffar o row gin y Pyrf-athro. Ond dim row ges i, ond rhwbath lot, lot gwaeth. Canmoliaeth! Ond nid yn unig canmoliaeth, ond Gormodiaeth o Ganmoliaeth. Canmoliaeth fath â chwstard poeth yn dylifo o geg y Pyrf-athro, yn driblo i lawr ei ên poji o. Galwyni a galwyni o gwstard chwilboeth yn llifo i lawr o'r llwyfan, yn donnau melyn dros fy ngwaith cartra, i fyny ngwddw ac i mewn trwy ngheg i, yn llenwi fy nhrwyn i a nghlustia nes o'n i'n mygu.

"Llongyfarchiada, Matthew, ar ennill tystysgrif Rhagoriaeth Ymdrech y tymor. Da iawn ti!" Tasa fo wedi rhoi bwcad i mi, mi fyswn i wedi chwydu i mewn iddi hi. Ond gwaetha'r modd, nid bwcad ges i, ond pishyn o bapur crand hefo tamaid o ruban coch wedi'i selotepio ar ei waelod o. *Gutted.*

Os oes na ffasiwn le ag uffern, llwyfan mawr ydy o, yn llawn o athrawon smyg yn gwenu wrth i mi eu pasio nhw. PIWC, CHWD A CHACHU. Mi winciodd o arna i! Ei fwstash sgleiniog llysnafeddog o'n dirgrynu gan bleser. Ches i ddim hyd yn oed pres gin y cenna, dim ond tocyn llyfr £10. *Nice one.* Mi neith o bresant Dolig i Taid.

Pryd ddalltan nhw? Maen nhw'n meddwl eu bod nhw'n gneud petha'n haws i ni drwy ganmol, ond mae o fel trio'n hachub ni o dwll drwy'n claddu ni'n ddyfnach. Rŵan, ma hanner yr ysgol yn genfigennus ohona i, a'r hanner arall yn meddwl mod i'n dwat swotlyd. Ma PAWB yn fy nghasáu i! Y peth cynta ges i ar ôl y gwasanaeth oedd pinsh hegar yn fy mraich. Elfs ddaru.

"AW! Bastad. Am be oedd honna?" meddwn i.

"Am fod yn llyfwr. Gin i gwilydd ohonach chdi. Ti'n meddwl bod chdi'n rhywun, ond ti'n gwbod be sy'n ffyni? Ti'n neb." Roedd hyn yn fwy na'r galw enwa sbeitlyd arferol. Roedd hyn yn ddifrifol. Roedd Sparks tu ôl iddo fo, yn edrych yn *disgusted.*

"Paid â meddwl gei di hangio allan efo ni ar ôl bora ma," medda fo. "Gobeithio byddi di'n hapus hefo'r swots a'r athrawon a'r Vindaloos, Matt, cos does neb arall isho nabod chdi rŵan."

Diolch byth am Aminah. Ddaru hi ddim sôn am y wobr ymdrech bonslyd, jyst dysgu steps y ddawns ola i mi amser brêc. Dydy hi ddim fel tasa hi'n sylweddoli mor briliant ydy hi ymhob dim ma hi'n neud. Ma hi'n canmol pawb arall, yn gweld y gora ymhob dim a does na ddim byd i'w weld yn ei gwylltio hi.

"Mi fyswn i'n licio taswn i fwy fath â chdi," meddwn i wrthi pan aeth y gloch.

"Be! Isho bod yn hogan wyt ti?" Roedd hi'n fwy parod i dynnu coes rŵan.

"Naci! Dy edmygu di dw i. Dy fynadd di a dy agwedd di at bob dim. Does na ddim byd fel tasa fo'n dy boeni di." Daeth na gwmwl dros ei gwên hi am eiliad.

"Be sy?" meddwn i.

"Dim byd" medda hitha. On i'n gwbod na dyna fysa hi'n ei ddeud. Ond oedd ei llygada hi'n deud rhwbath gwahanol.

Wsnos i heno mi fyddan ni'n perfformio'r sioe! Rydan ni'n gorfod trio gwisgoedd a ballu heno. Laff, bydd?

Dydd Gwener, Rhagfyr 4ydd

Ma Mam wedi ecseitio'n lân. Ma hi wedi prynu tocyn sioe ar gyfer nos Fercher, nos Iau a nos Wener. Cywilydd. Fedra i ddim ennill. Os bydd hi wedi gwirioni ar y noson gynta, garantîd bydd hi isho mynd ddwywaith wedyn, ond os bydd hi'n meddwl bod y noson gynta'n uffernol, mi fydd rhaid iddi hi fynd ddwywaith wedyn jyst i weld bod petha'n gwella, neu a fydda *i* wedi gwella ar ôl clwad ei hawgrymiada amhrisiadwy hi. Jyst gobeithio fydd hi ddim yn codi llaw arna i fath ag oedd hi mewn gwasanaetha Dolig ers talwm. Crinj.

Mi gaethon ni i gyd gant o ffleiars hysbysebu gan Jacanori, i'w dosbarthu ymysg ein ffrindia. Cant o ffleiars a dim un ffrind. Mi nes i fentro gadael un ym magia Elfs a Sparks. Ma'r taflenni'n eitha cŵl, hefo llun Aminah a Llŷr-Rhy-Bur yn cofleidio, a weiran bigog fygythiol ar eu traws. Mi ges i hyd i'r ddau ffleiar ar ôl dod adra, wedi'u sgrynsio'n beli yng ngwaelod fy mag. Oedd Elfs wedi sgwennu 'CACHU' ar draws ei un o, a Sparks wedi sgwennu 'VINDALOO' ar ei un yntau, ac wedi tynnu llun anweddus dros y ddau gariad. Roedd fy ngwaed i'n berwi. On i'n methu credu mod i wedi bod yn fêts hefo'r mwncwns yma ers gymaint o amser a rŵan oeddan nhw'n cael cics o neud petha fysa hyd yn oed Wil Wirion ddim yn eu gneud. Oedd y peth mor eironig. Pobol fath â Sparks ag Elfs fydda'n elwa o weld y sioe yn fwy na neb. Pobol sy'n credu mai drwy herio a chwffio mae datrys problema. Tasan nhw mond yn gweld y sioe, ella bysan nhw'n gweld y gwir.

Ond ma'n siŵr na fysa'r un o'r ddau yn gweld tu hwnt i'r gwisgoedd doji a'r set simsan. Ma'n siŵr na fysan nhw ddim yn gweld cariad yn goresgyn casineb, dim ond rwtîn giami a dawnsio trwsgwl. A fysan nhw ddim yn gweld na dallt mai stori ydy hi am foi ifanc sy'n colli'i ffrindia a gneud gelynion drwy syrthio mewn cariad hefo'r hogan rong. Fysan nhw ddim isho dallt hynny.

Ar ôl practis nos Fercher on i ac Aminah yn sefyllian tu allan. Oeddan ni newydd redeg y sioe gyfan o'r dechra i'r diwadd. Ma hi jyst yn wefreiddiol. Dim actio ma hi, ond *bod*. Mi ofynnes i iddi oedd hi'n gallu uniaethu hefo cymeriad Maria.

"Yndw, am wn i," medda hi, yn edrych yn ddisgwylgar i gyfeiriad y lôn. "Ond does na ddim byd mor gyffrous erioed wedi digwydd i mi!"

Yn y distawrwydd on i'n gallu deud ei bod hi bron â marw isho i mi ddiflannu. Ond on i bron â marw isho gafael amdani.

"Sgin i ddim ofn dy frawd di, sdi." Oedd rhaid i mi'i ddeud o.

"Ma gin i," medda hi heb sbio arna i.

"Pam?"

"Fysach chdi ddim yn dallt."

"Pam ddim?"

"Ti ddim yn nabod o!"

"Di *o* ddim yn fy nabod *i*!" Oedd hi'n sbio arna i rŵan. Oedd hi'n edrach fath ag aderyn mewn caets.

"Dw i ddim yn ddewr, sdi, fel Maria. Sgin i ddim y gyts." Ond on i'n gwbod bod ganddi hi. Yn rhwla. Don i rioed wedi gafael amdani hi o'r blaen. Oedd hi'n gynnas fel tôst, er bod yr awyr yn rhewi o'n cwmpas ni. Eiliad wedyn, mi gaethon ni'n dallu gan ola car. Roeddan ni'n teimlo fel dau leidr wedi'n dal gan yr heddlu. Mi stormiodd o allan, heb ddiffodd yr injan, rhoi hwth i mi a thynnu Aminah i'r car gerfydd ei braich. Ddaru o ddim gweiddi, mond murmur rhwbath diarth dan ei wynt.

Nes i ei phasio hi ar y coridor heddiw. Oedd ei llygada hi'n goch, a ddaru nhw ddim sbio arna i.

Dydd Llun, Rhagfyr 7fed

Dim ond dau ddiwrnod i fynd! Fedra i ddim credu'r peth. Mewn llai na 72 awr mi fydd hanner yr ysgol wedi ngweld i'n downsio, o fath, trio canu ac ACTIO fy ngora glas, boi! Gylp.

"Ti'n edrach fath â hogan!" medda Wil Wirion wrth stydio fy ngwisg i nos Wener: hen jîns tynn, crys-T *Daz*-wyn, plimsols coch a thunnall o *gel* yn fy ngwallt.

"*Piss off*, Wil," meddwn i, ond oedd rhaid cyfadda mod i'n *teimlo* fath â hogan yn y dillad tyn, a mreichia tila i'n groen gwydda i gyd, a'r plimsols cochion yn rhy newydd a merchetaidd. Yr unig gysur oedd bod pawb o'r Jets yn yr un math o ddillad y 50au, hyd yn oed Llŷr-Rhy-Bur, ond bod ei biceps bylji o'n llenwi llewys ei grys-T a'r *gel* yn ei wallt yn gneud iddo fo edrach fel James Dean, yn hytrach na fel Jac-y-do wedi hanner boddi.

Ma'r genod i gyd yn casáu'r ffrogia lliwgar. Mi gaethon ni laff yn gwrando arnyn nhw'n cwyno.

"Dw i'n edrach fel *muffin!*"

"Dw i'n edrach fel mul."

"O leia tydy dy fŵbs di ddim yn edrach fel tasan nhw wedi treblu mewn seis!"

"O leia ma gin ti fŵbs."

"No wê bydda i'n gallu downsio yn hon!"

"No wê bydda i'n gallu downsio ffwl-stop."

Fanno oeddan nhw i gyd yn paredio, yn cymharu a checru a chlegar ymysg ei gilydd, pan ddaeth hi i mewn. Aeth y byd i gyd yn llonydd. Pob llygad yn y stafall arni hi.

"Be?" medda hi'n ddiniwad. "Be sy?" Doedd hi ddim yn gwbod? Doedd hi wir ddim yn gwbod ei bod hi'n edrach fath â rhwbath allan o ffilm ffantasi? Oedd y ffrog wen amdani yn dynn am ei chanol main ac am ei bronna, ac wrth iddi hi droi, roedd gwaelodion y defnydd yn suo o gwmpas ei chlunia brown hi.

"Ffwoooooooar!" medda Wil, yn glafoerio hyd ei grys-T. Ond arna i oedd hi'n sbio. Arna i oedd hi'n gwenu.

Aeth petha'n flêr arna i braidd yn y *dress run*. Dw i'n siŵr na'r hen blimsols cochion oedd ar fai. Doeddwn i jyst yn methu gneud y steps ynddyn nhw.

"STOOOOOOOP!" bloeddiodd Jacanori o gefn y neuadd. On i'n gwbod i fod o'n siriys achos oedd o wedi deud wrthan ni cyn dechra nad oedd NEB i stopio am unrhyw reswm o gwbwl. Ond stopio fu rhaid.

"Matthew, be ti'n neud?" Distawrwydd. Dyma'r math gwaetha o row, lle ti jyst yn wirioneddol ddim yn gwbod be i ddeud.

"Wel? Fedri di egluro wrtha i ac wrth bawb arall ti wedi bod yn gwastraffu eu hamser dros y mis dwytha, pam ti'n *dal* i gael y rwtîn yma'n anghywir?"

On i'n mynd i ymddiheuro pan ddudodd o,

"Chwith, Matthew i'r *chwith* ma symud ar ddechra'r gytgan. Ti'n dallt? Dangosa i mi. Miwsig."

Ac mi ddechreuodd cyfeiliant y gytgan, ac mi ddechreues inna ddownsio'n awtomatig...

"CHWITH! CHWITH, er mwyn dyn, faint o weithia sy isho deud?! Eto."

Mi ddechreuodd y miwsig eto, a dyma finna'n trio'n gletach tro ma, ond mi ges i'n stopio unwaith eto.

"CHWITH, MATTHEW! CHWITH! *For God's sake*, hogyn, ti'n dallt Cymraeg, dwad?" Oedd fy ngwynab i'n dechra poethi, a'r llond llwyfan o lygada tu ôl i mi fath â phinna yn y nghefn i. Oedd y lle'n dechra troi.

"Pa un ydy dy chwith di, Matthew? Dangosa i mi." Roedd nghalon i'n curo a'r plimsols coch yn gwasgu.

"Wel? Pa ffordd ma'r chwith?" Oedd y crys-T yn tynhau am fy asennau i, fy ysgyfaint i, fy nghalon i...

"Tyd, Matthew bach, siawns dy fod ti'n gwbod y gwahaniaeth rhwng de a chwith?!"

"Nagdi, Syr." Wil Wirion agorodd ei geg, "Mae o'n dyslecsic!"

Bwm. Yr hoelen ola yn arch fy methiant. Doedd y distawrwydd ddaru ganlyn Aminah a'i ffrog yn ddim byd o'i gymharu efo'r un yma. Oedd hwn fel tasa fo'n mynd ymlaen am byth. Fath â marwolaeth. Dw i ddim yn cofio cerddad allan. Dw i jyst yn cofio'r oerfel a'r gwynt yn chwipio nagrau i. Ond cyn i mi gael cyfle i ddechra teimlo bechod drosta i'n hun, dyma na rywun arall yn gafael yn y nwylo i a'u troi nhw fel tasa gin i gwpan ymhob un. A wedyn tynnu ei fys ar hyd ymyl cledr un llaw a deud "C. C am chwith," a gneud run fath efo'r llall a deud "D. D am dde. Ti'n gweld?" Ac mi ron i.

Dydd Merchar, Rhagfyr 9fed

Y Diwrnod Mawr. Heno, mi fydda i'n gwbod sut beth ydy o i fod yn actor go iawn mewn miwsical go iawn o flaen cynulleidfa go iawn. Dw i wedi bod yn ymarfer ac ymarfer fy rwtîns fel tasa na ddim fory ac ella na fydd yna ddim fory os gocia i nhw i fyny!

Aeth Aminah dros bob un dawns hefo fi gynna, a ma hi wedi gaddo gneud eto cyn heno ma. Mi ydw i wedi gwella mymryn. Ma'r tric dwylo yn help weithia ond ma nhraed i'n dal braidd yn flêr.

"Cofia, does na neb yn berffaith," medda hi gan wenu.

"Mi wyt ti," meddwn inna. Achos ma hi.

Ma'r nyrfs ma'n uffernol. Dw i wedi bod i'r toilet gymaint o weithia dw i'n cael dyrtan gin y ddynas llnau bob tro dw i'n ei phasio hi. Dw i wedi clwad pobol yn sôn am löynod byw yn eu bolia, ond dw i'n meddwl mai ystlumod sgin i, yn fflapio a gwichian a brathu fy ymysgaroedd i. Dw i jyst isho iddo fo fod drosodd. Mi fydd pob dim yn iawn, siŵr. Mond cofio'r steps sy isho. A chofio fy leins. A'u deud nhw'n dda a chofio be sy'n dod nesa. A gwbod lle ma'r props a chofio dod â nhw mlaen a gneud pob dim ddudodd Jacanori wrtha i a chofio y ciws a'r caneuon a geiria'r caneuon a...

Speak of the devil ta be! Jacanori newydd daro i mewn. Mi ges i sioc farwol pan ddudodd o:

"Ma'n ddrwg gin i, Matthew." Dw i ddim yn meddwl mod i rioed wedi clwad yr union eiria yna o'r blaen. A doedd na ddim 'ond' ar eu hôl nhw chwaith. Dim ond distawrwydd diffuant.

"Oedd hynna'n anfaddeuol neithiwr… "

"On i *yn* trio, Syr… "

"Naci. Y *fi*! Be nes *i* oedd yn anfaddeuol!" medda fo. On i'n methu credu'r peth. Athro'n ymddiheuro! Wrtha *i*!

"Dw i jyst… " Don i ddim yn gwbod yn iawn sut i'w roi o. "Dwi *isho* bod yn berffaith… "

Mi wenodd o a deud mai dyna ydy'i broblem ynta. Wedyn, mi gytunon ni'n dau stopio trio bod yn berffaith. Ysgwydon ni ddwylo am y peth a wedyn mi ddudodd o un o'r petha clenia ddudodd neb wrtha i rioed.

"Fysa hi ddim yr un sioe hebddach chdi, Math. Ti'n dod â thân ac wmff ac angerdd iddi hi. Tydy peth felly ddim yn rhwbath y medar neb ei ymarfer a'i berffeithio. Ma hwnna'n rhwbath arbennig iawn." Oedd na rwbath yn debyg i hiraeth yn ei lygad o. Ac wedyn mi aeth o, hefo'i *Evian* dan ei fraich.

Gwell i minna fynd. Toilet yn galw. Plisplisplisplis geith Mam fwynhau'i hun. A pheidio meddwl mod i'n shit. A plis geith pawb wirioni efo Aminah. A plis ga i beidio baglu yn fy mhlimsols coch... RHWBATH ond hynny.

Dydd Gwener, Rhagfyr 11eg

Dw i ddim yn gwbod be i ddeud. Ma'r dyddia diwetha ma wedi gwibio heibio, ac eto dw i'n teimlo fath â taswn i wedi byw blynyddoedd o mywyd ers i mi sgwennu hwn ddydd Mercher.

Dw i'n teimlo'n wag ac yn llawn run pryd. Fedra i ddim coelio mai heno ydy'r tro ola rydan ni'n perfformio'r sioe. Bydd o run fath â ffarwelio hefo ffrind mynwesol, er na mond newydd gyfarfod ydan ni.

Ma Mam wedi gwirioni. Tydy hi heb stopio canu 'I feel pretty' ers dyddia. Ma hi'n cael gneud ei gwallt yn arbennig at heno. Dim ond parti bach yn y gampfa ydy o, ond ma hi wedi rhoi ei bryd ar gael bod yno. Ma hi mor braf ei gweld hi'n hapus am unwaith.

"Dw i rioed wedi teimlo mor falch o neb na dim," medda hi ar ôl y perfformiad nos Fercher, wrth roi anferth o hyg mamol i mi o flaen pawb. Ond doedd dim ots gin i, achos am unwaith, on i'n gwbod ei bod hi'n i feddwl o.

"A dw i mor falch dy fod ti wedi newid y *jazz shoes* duon am rei coch. Maen nhw'n dy siwtio di, cofia!"

Aye, Mam, *nice one*.

Mi ges i sioc ar fy nhin neithiwr. Fanno on i'n sefyll yn y *wings*, yn sbecian rhwng y cyrtans i weld pwy oedd yn y gynulleidfa, pan weles i Sparks ac Elfs yn ista yn y rhes flaen! Don i ddim yn disgwl gweld yr un o'r ddau. Ma *street-cred* mor werthfawr iddyn nhw. Ond dod ddaru nhw ac roedd o'n amlwg *pam* ddaethon nhw pan glywes i sŵn rhechfeydd hir yn dod o'r gynulleidfa. On i isho dengid adra ar fy union. Ond ar ôl chydig o giglo pan welson nhw be on i'n ei wisgo, mi dawelodd y ddau, a myn uffar i, o dipyn i beth mi ddechreuon nhw ddilyn y stori. Ella na fi sy'n dychmygu petha, ond baswn i'n taeru i mi weld Elfs yn sychu'i lygad hefo'i lawas tra oedd Sparks yn cymeradwyo a chwibanu ar y diwadd. Chwara teg.

"*Piss off!* Cael rhwbath yn fy llygad nes i'r lob!" medda fo wedyn.

"*Nice one,* Matt," medda Sparks yn ddistaw. "Hei! Roedd yr Aminah na'n *foxy*. Pwy ydy hi?"

Es i'n goch, goch. Dw i ddim yn siŵr os mai cywilydd neu wylltio neu'r ddau oedd o.

"Wel... Aminah... Aminah ydy... jyst... " meddwn i'n trio a methu swnio'n cŵl.

"Ma hi'n ffansïo chdi eniwe, Matt," medda Elfs. "Dydy hi heb stopio sdêrio arnach chdi ers pum munud! Yli! Ma hi wrthi rŵan hyn!" Dw i ddim yn meddwl mod i rioed wedi teimlo mor hapus na pan drois i rownd a gweld ei bod hi.

Dydd Llun, Rhagfyr 14eg

Mae o i gyd drosodd. Yr ymarfer, y chwys, y dysgu, y poeni, y perfformio, y gymeradwyaeth a'r canmol. Mae o fath â breuddwyd ddaeth i ben cyn i mi sylweddoli mod i'n rhan ohoni.

Oedd nos Wener yn nyts. On i'n gwbod ei fod o yno. Wrthi'n sbecian drwy'r cyrtans on i. Isho gweld lle oedd Mam yn eista tro ma, pan weles i res o lygada du yng nghefn y neuadd. Tri phâr yn gwenu, ac un yn gwgu. Fo! On i'n cachu'n hun.

Doeddan ni rioed wedi perfformio gystal. Neb yn fflyffio llinellau, neb yn dal yn ôl, neb yn safio'i lais na'i egni tan y perfformiad ola, achos hwn *oedd* y perfformiad ola. A myn diawl, mi naethon ni fo yn un i'w gofio! Oedd y Jets yn fflamio, a'r Sharks yn mygu a finna'n dod â 'thân ac wmff ac angerdd' i'r cyfanwaith, wrth gwrs! Oedd 'Dw i isho bod yn America' mor wefreiddiol, dyma pawb yn y gynulleidfa'n dechra clapio i'r rhythm! Ond roedd

Aminah yn syfrdanol. Oedd hi'n canu o'r galon, ac roedd ei chalon hi'n canu i'w brawd, yn erfyn arno fo i ddallt, i sylweddoli peth mor crap ydy hiliaeth ac ofn, ac mor werthfawr ydy cariad. Ac ar ôl i Tony gael ei saethu ar y diwadd, roedd hi'n crio go iawn. Dw i'n gwbod, achos fi sychodd ei dagra hi.

"*Hey*," medda fo tu allan wedyn, pan oedd pawb yn llifo o'r neuadd. Odd arna i ofn mynd ato fo. Ofn cael y dwrn na oedd o wedi'i addo i mi.

"Oeddach chdi'n iawn," medda fo. "Oedd hynna'n eitha cŵl." *Hold on...*

"E?" meddwn i, "ond on i'n meddwl… "

"On inna'n meddwl rhwbath hefyd. Oedd y ddau ohonan ni'n rong, doeddan?"

Don i ddim yn dallt yn iawn be oedd ganddo fo, ond dw i'n siŵr y gwna i, rywbryd. O leia oedd y ddau lygad du fymryn cynhesach.

Mi weles i'r Seico Addysg bora ma. Dydy hi byth wedi cael gwared o'r lipstic afiach na. A ma hi'n dal i wenu gormod. Ond oedd hi'n ocê hefo fi, chwara teg. Oedd y Tystysgrif Rhagoriaeth Ymdrech gwirion na'n dda i rwbath yn diwadd.

"Does dim rhaid iti gario mlaen hefo'r dyddiadur amser cinio," medda hi'n araf.

"*Nice one*," meddwn i, "Don i ddim yn bwriadu!" Ma gin i betha gwell i neud hefo fy awr ginio, siŵr, fel gweld Aminah. Oedd y Seico Addysg yn edrach yn hollol *gutted*, felly mi ddudes i. "Ond dw i'n gobeithio cael cyfrifiadur fy hun Dolig... " Gwên erchyll arall. Go damia!

Felly na fo. Dim gwers ddrama rŵan tan nos Wener. A wedyn ma pawb yn dod draw i'n tŷ ni i wylio fideo *West Side Story,* un o'r rhei lwcus gafodd eu hachub o'r tân. Ella daw Sparks ac Elfs, os ydyn nhw'n gaddo bihafio.

"A ma croeso i'r athro drama clên na ddod hefyd, os ydy o isho... " medda Mam, yn trio swnio'n ffwr-â-hi. Dw i'n medru'i darllen hi fath â llyfr. Yn well na llyfr!

498 gair. *Nice one.* Job *done.*